Franz Höllrigl

Die Freifrauen, ein Possenspiel in drei Aufzügen von Franz Höllrigl

Franz Höllrigl

Die Freifrauen, ein Possenspiel in drei Aufzügen von Franz Höllrigl

ISBN/EAN: 9783743353053

Hergestellt in Europa, USA, Kanada, Australien, Japan

Cover: Foto ©Andreas Hilbeck / pixelio.de

Manufactured and distributed by brebook publishing software (www.brebook.com)

Franz Höllrigl

Die Freifrauen, ein Possenspiel in drei Aufzügen von Franz Höllrigl

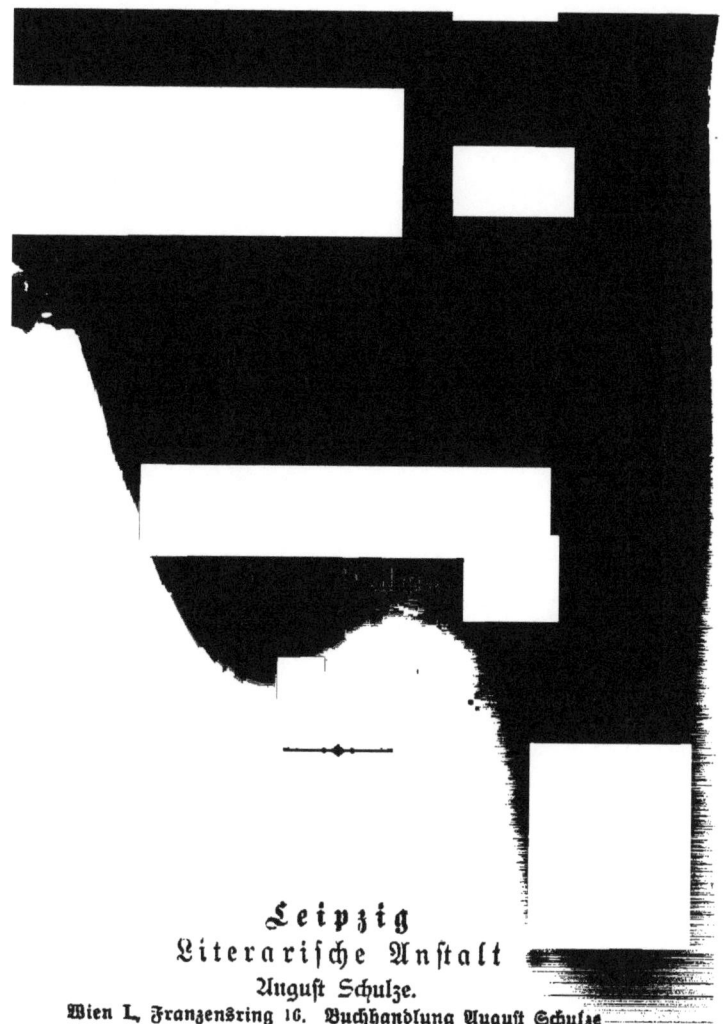

Leipzig
Literarische Anstalt
August Schulze.
Wien I., Franzensring 16. Buchhandlung August Schulze
1896

Personen.

Konrad Pichler.
Franz Lachsmaier, } Bürger.
Fritz Wachler,
Marie Pichler,
Fanni Lachsmaier, } deren Frauen.
Emma Wachler,
Tini, Tochter Lachsmaier's.
Wolf Erdmann.
Hans Knöpfler.
Frl. Apfelblüh.
Adele Kriegler.
Sepp, Hausknecht Pichlers.
Resi, Köchin Pichlers.
Professor Schaller.
Professor Ecker.
Frau Schaller.
Frau Ecker.
Lorenzo, Thierbändiger.
Pietro, sein Diener.
Annita, Schlangenmädchen.
Der Bürgermeister von Waldorf.
Der Wirth.
Erster
Zweiter } Dorfwächter.
Ein Dicker.
Ein Buckliger.
Ein Schneider.
Dessen Geliebte.
Ein Krämer.

Sonntags=Ausflügler, Volk, Krämer, Bauern, Jäger.

Die Handlung spielt in der Umgebung der Stadt von Nachmittags bis nach Mitternacht.

Erster Aufzug.

Platz in einem Vororte. Links Gasthaus mit einer Terrasse im ersten Stock; Tische und Stühle auf und unter derselben. Rechts Jahrmarktsbuden, Krämerzelte; ganz vorne die Bude des Thierbändigers Lorenzo mit großen Placaten und Abbildungen, darunter die eines Bären. Vor dem Eingange auf Gerüsten Affen, Papageien. Ueber den Platz wogt die bunte Menge der Neugierigen, Spaziergänger und Krämer. Lebhaft bewegtes Bild. Früh am Nachmittag.

1. Auftritt.

Vor dem Gasthause links sitzen **Pichler, Wachler, Knöpfler.** Auf den Stufen zur Menagerie **Annita** mit einer Schlange um den Hals; vor seiner Thierbude **Lorenzo** auf- und abgehend.

Nr. 1.
Introduction mit Chor.
Chor.

Herbei, herbei, Ihr Herren, Frauen,
Herbei Ihr Alle, groß und klein!
Es gilt zu kaufen und zu schauen,
Und überall dabei zu sein!

Ausrufer, Verkäufer.
Bretzel — Wecken —
Zuckerl zum Schlecken —
Ringelspiel —
Paris das Ziel!
Zündhölzel schwefelrein —
Lebzelten zart und fein —
Drei Kreuzer muß
Man zahlen für den Schuß!
Taschenmesser —
Orangen und Äpfel —
Feuerfresser —
Chemisettenknöpfel —

Lorenzo. (Prosa.) Erreinspaziert, meine Herrschaften!
(Gesungen.) Hier in die Riesenzelt,
Der größte Menagerie der Welt!

Chor.
Herbei, herbei, Ihr Herren und Frauen usw.
(Zuschauer gehen in die Bude Lorenzo's.)

Lorenzo. Adesso, Hochverehrte Herrschaften, will ich Sie vorführen, meine berühmte Bär; heißen „Lulu" und haben getanzt vor alle Monarchi und Potentati der Erde. Das seien die volle Wahrheit — sempre amico della verità! (Ab mit Annita in die Bude.)

2. Auftritt.

Vorige ohne **Lorenzo** und **Annita**; dann **Lachsmaier, Erdmann.**

Wachler. Nun sag einmal, Pichler, wozu hast du uns da her bestellt? Ich hab meine Tarokpartie im Stiche gelassen und unser junger Freund Hans Knöpfler möchte wohl lieber eine Fensterpromenade bei seiner Tini machen.

Pichler. Geduld, Wachler; ich habe auch noch Lachsmaier und Erdmann herbestellt. Hans wird hoffentlich auch noch seine Tini sehen. Da sind sie ja! (Begrüßung.)

Lachsmaier. Was ist denn los? Wachler und Knöpfler auch da?

Pichler. Unsere Frauen sind los! Freilich, dich, Erdmann, berührt das als glücklicher Junggeselle weniger; aber du mußt uns helfen, unser Geschlecht wieder zu Ehren zu bringen. Es gilt einen kleinen Krieg mit unseren Frauen und mit allen zukünftigen, Herr Knöpfler!

Lachsmaier. Armer Hans!

Pichler. Doch da gibt's jetzt einen Rummel. Schaut nur gut aus, ob Ihr unsere Frauen nicht in der Menge erblickt. (Setzen sich).

3. Auftritt.

Vorige, Lorenzo mit dem Bären „Lulu", der auch eine Schelle anhängen hat, an der Kette; **Pietro** nebenher schlägt das Tamburin, **Annita** geht absammeln. Sie kommen aus der Bude Lorenzo's. Die Menge öffnet sich vor der Gruppe mit dem Bären und läuft hinter derselben nach. Kinder drängen sich zu dem Bären, stieben auseinander, wenn er sich wild geberdet. Eine Truppe Rangen äfft Lorenzo und seinen Bären nach. Der Bär wird, während Lorenzo sein Lied singt, rund um die Bühne und schließlich nach der Bude zurückgetrieben.

Nr. 2.

Bärenlied.

Chor.
Kommt Alle, Alle her!
Der Bär! Der Bär!

1.

Lorenzo.

Zottelbär, Zottelbär!
Hin und her, hin und her
Lassen deine Beine springen
Und der Schelle lustig klingen.
Sehen du ein hübscher Schatz:
Ei, so geben einen Schmatz!

(Der Bär brummt ein hübsches Mädchen an; dieses prallt zurück zum allgemeinen Ergötzen. Bei den späteren Strophen ähnliches Spiel.)

Chor.

Hahaha! Das gefällt uns sehr!
Ein ganz fideler Bär!

2.

Lorenzo.

Zottelbär! Zottelbär!
(wie oben.)
Sehen du ein alter Weib:
Bleiben ihm zehn Schritt vom Leib!

Chor. (Wie oben.)

3.

Lorenzo.

Zottelbär! Zottelbär!
(wie oben.)
Finden du ein schlimmes Kind:
Rachen aufgesperrt geschwind!

Chor. (Wie oben.)

4.

Lorenzo.

Zottelbär! Zottelbär!
(wie oben.)
Treff du eine brave Mann:
Brummen ihn beileib nit an!

(Bär brummt rings herum Alle an.)

Chor. (Wie oben.)

(**Lorenzo** mit **Lulu, Pietro, Annita** ab in die Bude.)

(Das Bärenlied recht characteristisch. Grunzen und Brummen im Orchester; so auch durchgängig später an den angezeigten Stellen.)

4. Auftritt.

Vorige ohne **Lorenzo, Pietro, Annita.**

Pichler. Nun hört! Unsere Frauen haben sich verschworen — ja, ja, von einer förmlichen Verschwörung ist die Rede! — uns den Kappzaum fester zu schnallen. Sie haben heimliche Zusammenkünfte und Fräulein Apfelblüh . . .

Lachsmaier. Ei, die Apfelblüh! (zu Wachler.) Weißt Du, die in den weiblichen Versammlungen so heftige Reden hält.

Pichler. So eine Art überspannte, schon etwas angejahrte Dame . . .

Lachsmaier. Alte Jungfer!

Pichler. Sie gibt sich alle Mühe, den Frauen mit „Emanzipation", „Freiheit des Weibes", „schlechte Gesellschafts-Ordnung" u. dgl. den Kopf zu verdrehen. Sie hält ihnen über diese fin de siècle „weltbewegenden Ideen" Vorträge, liest ihnen aus gewissen Zeitungen „Für die Frauenwelt" Artikel vor; „Das freie Weib" glaube ich, haben sie gar abonnirt.

Wachler. Ja, ja. Ich habe daheim eine Nummer davon gefunden; ich meinte aber, sie käme vom Käsestecher.

Pichler. Nun haben sie einen „Emanzipations-Club" gebildet; ich höre unter dem Titel „Die Freifrauen".

Lachsmaier. Ah — die „Freifrauen!"

Pichler. Sie leisten Beiträge für die „Propaganda der That" — natürlich aus dem Wirthschaftsgeld . . .

Wachler. Das leid ich nicht! Zu so was geb ich mein Geld nicht her. Ich bin für die alte Zucht und Sitte!

Pichler. Ruhig Blut! Kurz, die Apfelblüh schürt mit allem Eifer einer Gußstahl-Ueberzeugung.

Lachsmaier. Ja, ja! Die Meinige ist seit einiger Zeit bissiger als je!

Wachler. Und Meine, die mich sonst hat einfach reden lassen, die muckst auf!

Pichler. Mir wird alle Augenblicke eine Schüssel „Frauenehre", „Frauenwürde" und „Männerschlechtigkeit" an den Kopf geworfen!

Wachler. Nun, was das Letztere betrifft . . .

Lachsmaier. Geh, geh, mach dich nicht schön!

Wachler. 'S ist nur ein Glück, daß Eure Frauen nicht von allen Eueren Streichen wissen.

Lachsmaier. Soll ich Dir etwa die Geschichte von einer sauberen Modistin erzählen?

Wachler. Da habt Ihr mich hineingehetzt. Aber Du, Du, willst etwas reden? Und der (zu Pichler) ist auch nicht besser. Ich habe stets des Hauses Ehre gewahrt.

Pichler. Nun ja, das thun wir ja Alle! Ihr werdet aber doch da vor den zwei Junggesellen nicht streiten?

Lachsmaier. Hans! Nimm Dir kein Beispiel an uns. Und als Junggeselle an dem da (deutet auf Erdmann) auch nicht.

Erdmann. Nun ja, Ihr seid lauter brave Ehemänner; scheinheilig, aber nicht heilig.

Pichler. Ruhig! Das können wir aber doch nicht so fortgehen lassen!

Wachler. Richtig!

Pichler. Heute nun haben sich die Freifrauen wieder zu einer „Sippung" verabredet. Sie machen auf eigene Faust, ohne Männer — „Wir Mädel unter uns" — einen Ausflug, um sich an ihrem Emanzipations=Krimskrams ungestört zu ergötzen.

Lachsmaier. Ah! Darum bin ich heute so leicht losgekommen!

Pichler. Ich weiß nur noch nicht, wo sie sich ein heim= liches Plätzchen ausgesucht haben. Meiner Frau, welche die Ehre hat, die Obmännin der Freifrauen zu sein . . .

Lachsmaier. Gratulire!

Pichler. Bitte! . . . War nicht einmal eine An= deutung zu entlocken. Es wurde gekocht und gebraten für die „Sitzung" im Freien. Ich hab's wohl gemerkt; that aber nichts dergleichen. Ich habe so eine Ahnung, daß die Frauen hier durchkommen werden und ich meine, wir müssen ihnen einen Schabernak spielen — und dazu habe ich Euch herberufen.

Lachsmaier. Ja, ja, das müssen wir!

Pichler. Aber was?

Erdmann. Was geht das uns Junggesellen an?

Pichler. Ihr seid unsere natürlichen Verbündeten. Die Emanzipation kehrt sich gegen die Junggesellen ebenso, wie gegen die Verheiratheten und wenn die Frauen alle „frei" sind, was habt Ihr Junggesellen dann noch gegen uns voraus?

Erdmann. Ah so!

Lachsmaier. Und Hans, der arme Junge, leidet erst recht unter den Emanzipationsbestrebungen meiner Frau.

Knöpfler (betrübt.) Ja wohl, Herr Lachsmaier.

Lachsmaier. Das arme Mädel, die Tini, muß zwangsweise die Emanzipation mitmachen; so viel ich glaube, wäre ihr der Hans lieber als die schönste Emanzipation.

Knöpfler. Meinen Sie, Herr Lachsmaier?

Pichler. Schließen wir also auch einen Bund — einen Anti-Emanzipationsbund! Für heute wollen wir zunächst den Feind auskundschaften und dann wird sich's finden, wie wir ihn schlagen. Vertheilen wir uns und spähen wir nach den Frauen aus! Für alle Fälle ist hier unser Hauptquartier. Ich übernehme den Oberbefehl — denn ich kenne am besten die Kampfweise meiner Frau, welche drüben bei den Gegnern kommandirt.

Pichler und Wachler nehmen vor dem Gasthause Platz, die Andern mischen sich unter die Menge.

5. Auftritt.

Vorige, die Professoren **Schaller** und **Ecker**; **Lorenzo**, der wieder das Publikum einladet.

Schaller. Welch ein schöner Tag, Herr Professor!

Ecker. O, schön, Herr Collega.

Schaller. Und das schönste daran ist — soll ich es sagen? — daß wir allein sind.

Ecker. Ja, ja, Sie meinen — ohne die Frauen?

Schaller. Sie errathen mich, Herr Collega. O, das Gefühl der Freiheit!

Ecker. Der Freiheit von der Frau!

Schaller. Ich schlürfe es in vollen Zügen!

Ecker. Ich schlürfe auch!

Nr. 3.
Duett der Professoren.

1.

Schaller. Herr Professor!
Ecker.   Herr Professor?
Schaller. Wie wunderschön ist's heut!
Ecker. Herr Collega!
Schaller.   Herr Collega?
Ecker. S'ist eine wahre Freud!
Beide. Durch Feld und Flur zu schweifen,
       Fern von der Frauen Keifen;
       Wär aufgelegt sogleich . . .
Schaller. Herr Professor?
Ecker.   Herr Professor?
Beide. Zu einem tollen Streich!

2.

Schaller. Herr Professor!
Ecker.   Herr Professor?
Schaller. Hier eine Pris Tabak!
Ecker. Herr Collega!
Schaller.   Herr Collega?
Ecker. Ist ganz nach meinem Geschmack.
Beide. Ja, Sanspareil mit Tiroler,
       Das macht die Nase voller
       Und gibt den Augen Glanz!
Schaller. Herr Professor!
Ecker.   Herr Professor?
Beide. Bin Ihrer Meinung ganz!

3.

Schaller. Herr Professor!
Ecker.   Herr Professor?
Schaller. Es kitzelt in der Nas!
Ecker. Herr Collega!
Schaller.   Herr Collega?
Ecker. Ich spüre auch so was.
Beide. Mir ist, als müßt ich nießen.
   Das soll Sie nicht verdrießen —
   Es juckt mich immer mehr!
Ecker. Atzi!
Schaller. Zur Genesung! Atzi!
Ecker.   Zur Genesung!
Beide. Ich danke, danke sehr!

Ecker. Wissen Sie, Herr Collega, ich habe meine Gertrud recht lieb —

Schaller. Aber am liebsten, wenn sie nicht da ist? Gerade so geht es mir mit meiner Hermine.

Ecker. Der Vorwand mit dem seltenen Käfer und der seltenen Blume, welche wir bei der Helenenquelle zu suchen hätten . . .

Schaller. Verhalf uns zu einer mehrstündigen Freiheit. Wenn ich aber denke, daß die Lust so kurz sein wird.

Ecker. Daß in ein paar Stunden unsere Frauen zu uns stoßen . . .

Schaller. Daß sie uns nachkommen zur Helenenquelle.

Ecker. Mich schaudert!

Schaller. Wissen Sie, Herr Collega: Da ist heutzutage von der Emanzipation der Frauen die Rede. Unsinn! Unsinn! Wir — wir brauchen eine Emanzipation der Männer!

Ecker. Ja, ja! Der Ehemänner von ihren Frauen! Wir werden's leider nicht erleben.

(Lassen die Köpfe hängen.)

Schaller. Leider! Aber, da sehen Sie, hier ist eine Thierbude . . . Das ist mein Fach!

Lorenzo. Entrate, Signori, entrate! Der Fütterung fangen an!

Ecker. (Betrachtet das Bild des Bären.) Das ist Ursus arctos.

Schaller. Aber — aber — aber Herr Collega! Americanus, americanus! Sehen Sie doch das schwarze Fell!

6. Auftritt.

Vorige, Resi und **Sepp.** Resi trägt einen schwerbeladenen großen Korb; auch Sepp trägt einen mit Eßwaaren überladenen Zöger.

Resi. Uff, das hat ein Gewicht! Stell' ein wenig nieder, Sepp!

Schaller. Americanus! Man sieht, daß Sie kein Zoologe sind!

Ecker (hat Resi erblickt, die ebenfalls das Bild des Bären betrachtet.) Sagen Sie, was Sie wollen, Herr Professor! Der schönste Bär ist doch . . . (weist auf Resi) der Küchenbär!

Schaller (bewundernd.) Recht haben Sie, Herr Collega!

Lorenzo. Erreinspazier! Erreinspaz... (erblickt Resi) Corpo di mille Bombe! Das is eine Mädel! Lorenzo! Lorenzo! (Schnalzt mit der Zunge.)

Pichler (links.) Das ist ja Resi, meine Köchin . . . und Sepp, mein Hausknecht. (Zu Wachler.) Freund, wir sind geborgen. Wir werden Alles erfahren! Laß Dich nicht sehen! (Er und Wachler halten sich gedeckt.)

Nr. 4.

Duett: Lorenzo — Resi.

Lorenzo wendet sich theils an die Menge, theils an Resi, um die er mit seltsamen Grimassen und Gesten herumsteigt.

Lorenzo. Erreinspazier! Erreinspazier!
Zu sehen der große Bär!

Resi. (Auf das Bild des Bären deutend.)
Ei, schau einmal das Riesenthier...
Das intressirt mich sehr!

Lorenzo. Ein Dromedar! Ein Nordpolfuchs!
Ein Krokodil, ein Dachs, ein Luchs!

Resi. (Zu Sepp.) Den Rachen schau, die Zähne an!
Das Unthier muß ich sehn!

Lorenzo. Per bacco, ist der Mädel schön!
Spür schon, mir Kopf verdreh'n.
(Ruft weiter aus.) Ein Kalb zu sehn in Spiritus;
Zwei Köpfe hat er und drei Fuß!

Resi. Und was man sonst noch sehen kann!
Vor Neugier brenn' ich schon.

Lorenzo. Und Augen hat sie wie der Sonn —
Mir werden blind davon!
Erreinspazier! Erreinspazier!
Es kosten nix beinah!

Resi. Was will der wälsche Narr mit mir?
Der beißt mir noch was ab?

Lorenzo. Der Riesenschlang zu sehen ist,
Wie er ein ganz Kaninchen frißt!

Resi. (Auf den Bären deutend.) Der schnappt da oben...
(Auf Lorenzo deutend.) Der schnappt da unten...
Es wird mir kalt und heiß!

Lorenzo. Der Arm so wuzzelrund und weiß...
Man möchte fast anbeiß!
Auch Affen, Vogel, Pavian!
Der Futtrung fangen eben an!

Resi. Doch schrecken laß ich mich von Nichts!
Wär noch so wild das Vieh . . .
(Zu Sepp.) Bleib stehen da, und wart auf mich!
(Nähert sich der Bude.)

Lorenzo. Von hinten erst . . . guardetevi!
So was sah ich noch nie!
(Zu Resi.) Signora, Signorina, treten ein!
Sie werd es nit bereun!

Resi. So schnattern S' mir den Kopf nicht voll!
Ich geh ja schon hinein. (In die Bude ab.)

Lorenzo. (blickt entzückt nach, dann plötzlich)
Per dio! Ist das eine wunderbare Mädel —
Das müssen werden mein!
(Hinter Resi gehen auch die Professoren in die Bude.)

7. Auftritt.

Vorige ohne **Resi** und die **Professoren.** Sepp begafft die Gegenstände bei der Menagerie.

Pichler. St! (Winkt Lorenzo, der zu ihm nach links kommt.) Der (auf Sepp deutend) soll mich nicht sehen. Freund, bringt heraus, wohin er die Sachen zu tragen hat.

Lorenzo. Capisco!

Pichler. (Deckt sich unter der Gasthausthüre.)

Lorenzo. Erreinspazier! Erreinspazier! Ah, gute Freund, was aben Du da gute Sachen! (Kramt in Korb und Zöger Sepps herum.) Zu Essen und zu trinken! Kuchen . . . gut diese Schunken! Und diese Käse! Essen Alles Du?

Sepp. O nein!

Lorenzo (lacht.) Wie heißen Du, gute Freund?

Sepp. Sepp.

Lorenzo. Sepp! Ah, Giuseppe! Beppo! Und wohin tragen Du?

Sepp. Ich weiß nicht! Ich geh halt mit Resi.

Lorenzo. Resi — Teresina! Und sie haben Dir nix gesagt?

Sepp. O der Resi geh ich blindlings nach! Das ist so viel ein braves Frauenzimmer.

Lorenzo. Si, si! Na, Beppo... und wohin glauben Du, werden Teresina mit Dir gehen?

Sepp. Ich glaub nichts. Werd's schon sehen!

Lorenzo. Und wenn Du denken, wohin seien möglich, daß Teresina gehen?

Sepp. Ich denk gar nichts!

Lorenzo. Ah Beppo, nix wissen, nix glauben, nix denken... (will eine Wurst, die er beschnüffelt hat, in die Tasche stecken.)

Sepp. Oho! Das gibt es nicht!

Lorenzo. Ah, Du doch sehen! (Zeigt auf das Bild des Bären.) Was seien das?

Sepp. Ein Bär!

Lorenzo. Wie viel Zähne haben die Bär?

Sepp. Weiß nicht!

Lorenzo. Also zählen, Beppo, zählen! (Sepp zählt, inzwischen nähert sich Lorenzo Pichler und deutet ihm, daß aus Sepp nichts herauszubringen ist.) Wissen nix!

Pichler. Ach ja, Sepp, der „reine Thor"! Fragt das Mädel.

Lorenzo. Teresina?

Pichler. Ich muß es erfahren.

Lorenzo. Pronto, Eccellenza! (Geht zu Sepp zurück.) Allora, wie viele Zahn?

Sepp. (Langsam.) Ich — habs noch nicht!

Lorenzo. Eccellente! Erreinspazier, Erreinspazier!

8. Auftritt.

Vorige, die **Professoren** aus der Thierbude kommend.

Schaller. Also richtig americanus! Ach was für eine schöne Wissenschaft, die Zoologie!

Ecker. Ja, Sie haben die hübsche Köchin fort und fort angesehen...

Schaller. Um Gotteswillen! Unsere Frauen!

Ecker (knickt zusammen.) Die Frauen!

Schaller. Dort! Wir sind verloren, wenn sie uns sehen.

Ecker. Fahre hin, Freiheit!

Schaller. Kommen Sie, Herr Collega! Es wird zeitlich genug sein, wenn wir sie in drei Stunden bei der Helenenquelle treffen.

Ecker. Viel zu früh! Viel zu früh!

(Beide nach rechts ab.)

9. Auftritt.

Vorige ohne die **Professoren**; dafür die **Frauen** derselben.

Frau Schaller. Nichts zu sehen von unseren Männern!

Frau Ecker. Hier eine Menagerie. Sollte da mein Mann nicht drinnen sein?

Frau Schaller. Ach nein! Mein Mann geht nur in einen botanischen Garten.

Frau Ecker. Da sehen Sie (auf Sepp deutend) diesen jungen Mann!

Frau Schaller. Gelehrt sieht er nicht aus — aber diese Schultern!

Frau Ecker. Und so jung!

Frau Schaller. Ach, gehen wir! Es ist noch weit bis zur Helenenquelle. (Beide, Sepp lorgnettirend, ab.)

10. Auftritt.

Vorige ohne die **Frauen** der Professoren; dazu **Resi** aus der Thierbude kommend; **Pichler** und **Wachler** halten sich gedeckt und horchen.

Lorenzo. Seien zufrieden, Signorina?

Resi. Schön wars. Aber das schönste ist doch der

große Bär. So ein Vieh! Mein Gott, wenn Einem das
so in der Einschicht begegnen möcht!

L o r e n z o, (galant.) Thät sie küssen der Hand: „Bon
giorno, bella Teresina!" und sich legen zu Ihre Fuß.

R e s i. Nun — lieber nicht! (Ergreift ihren Korb,
Lorenzo hilft.)

L o r e n z o. Diese schwere Korb! Tragen Sie noch weit?

R e s i. Bis zur Helenenquelle . . . es geht an.

L o r e n z o. Helenenquelle! Fontana d' Elena! O,
wenn ich könnte sein auch dort!

R e s i (spöttisch.) Just Er geht uns ab! (stolz.) Wir Frauen=
zimmer wollen dort allein bleiben.

L o r e n z o. Oh, ich verstehe zu machen der gentiluomo!

R e s i. Schon gut! Nun komm, Sepp!

S e p p, (ärgerlich.) Ich verzähl mich immer!

L o r e n z o. Und zum Abschied, bella Teresina? Sie
mir nix geben der Hand? Sie mir machen amoroso —

(Resi dreht sich zur Seite; Lorenzo küßt sie auf den Nacken.
Sepp lacht auf.)

R e s i (schreit auf.) Kommen S' mir nicht in die Nähe!
Mach fort, Sepp!

L o r e n z o. (verliebt.) O Teresina! Mir klopfen der
Herz! (Resi dreht ihm den Rücken.) Halt! Da seien was gefehlt.
(Löst Resi die rückwärts gebundene Masche des Schürzenbandes.)

R e s i. Jetzt ist's aber genug! (Stellt den Korb nieder und
ordnet das Band.) Sie Windbeutel Sie!

L o r e n z o, (verzückt.) Wie sie binden der Band! Quanta
grazia!

R e s i (im Abgehen.) Verrücktes Mannsbild!

L o r e n z o (wirft Resi Kußhändchen nach.) Addio carissima
mia! Aufs Wiedersehen! (Bei Seite.) Bei die Fontana
d' Elena! (Laut.) A rivederci! (Resi nachblickend.) Wie
sie schwingen der Hüfte! O Dio, was haben Du gemacht
für herrliche Sachen! (Ruft aus.) Erreinspazier! (Bei Seite.)
Ah, ich laufen davon, ich müssen zu Teresina! (Schnuppert
in die Luft.) Cielo! Ich riechen noch ihre Odore . . . ich
geben meine Seligkeit dafür, zu sein in die Wald mit Teresina. Ich laufen davon!

11. Auftritt.

Vorige ohne **Pest; Lorenzo,** dann **Lachsmaier, Erdmann, Knöpfler.**

Lorenzo. Erreinspazier! Erreinspazier! Der größte Menagerie der Welt!

Pichler. (Geht zu Lorenzo; beide rechts.) Nun habt Ihr es herausgebracht?

Lorenzo. Esattamente, Eccellenza! Na — hab ich vergessen — wie heißt . . .

Pichler. Sie sagte doch: Helenenquelle.

Lorenzo. Si, si! Fontana d' Elena!

Pichler. Gut. (Gibt Lorenzo ein Geldstück.)

Lorenzo. Grazie Signore! Wenn sonst was brauchen: Lorenzo sempre pronto. (Bei Seite, ärgerlich.) Er haben gehört! (Laut.) Erreinspazier! Erreinspazier!

(Inzwischen sind Lachsmaier, Erdmann und Knöpfler links zu Wachler gestoßen. Pichler eilt zu ihnen.)

Lachsmaier. Sie kommen!

Pichler. Und ich weiß, wohin sie gehen. Nach der Helenenquelle.

Wachler. Ich denke, wir erwarten sie hier. Sie werden Augen machen, wenn sie uns hier finden.

Pichler. Vielleicht geben Sie es auf, allein zu bleiben.

Lachsmaier. Da kennt Ihr die Weiber schlecht. Jetzt werden sie erst recht ihren Kopf aufsetzen.

Pichler. Wenn man ihnen Angst machen könnte, so daß sie gar nicht zur Helenenquelle kommen . . .

Lachsmaier. Mit was?

Pichler. Es wäre prächtig, sie hinterher tüchtig auszulachen. Halt . . . (geht nach rechts zu Lorenzo.) Lorenzo!

Lorenzo. Eccellenza?

Pichler. Es werden Frauen kommen . . . sie wollen zur Helenenquelle . . .

Lorenzo. Ah, zu Teresina!

Pichler. Wir wollen sie abhalten, hin zu gehen.

Lorenzo. Sehr gut!

Pichler. Wenn man ihnen Angst machen könnte?

Lorenzo. Ah, ich weiß... (deutet auf das Bild des Bären.)

Pichler. Was meinst Du?

Lorenzo. Sollen haben Furcht vor diese Vieh.

Pichler. Sehr gut Lorenzo! Aber wie?

Lorenzo. Lassen mich machen, Eccellenza! (stolz.) Lorenzo halten seine Wort. Aber wird kosten...

Pichler. Ich zahle Alles!

Lorenzo. Werde geben Avviso. Muß sehen die Occasione. Dann ich werd machen... (Selbstbewußt.) Jo, Lorenzo, faro!

Pichler. Also gut! (Geht zu den Freunden.) Alles in Ordnung. Es wird was geschehen. Nun setzt Euch. Erst wenn sie da sind, wollen wir sie aus dem Hinterhalt plötzlich anschießen.

(Die Herren setzen sich vor das Gasthaus, gedeckt durch Umstehende.)

Lorenzo (rechts, bei Seite.) Benissime! Kommen Frauen nicht zur Fontana — kommen auch nicht die signori! Bleiben Teresina mit Beppo ganz alleinig. Beppo? (Verächtlich.) Beppo... fort mit diese Kerl! Allore: Teresina e Lorenzo! O Lorenzo sein eine Vogel von die Fortuna!

12. Auftritt.

Vorige, dazu die „**Freifrauen**": **Marie Pichler** (fesch, lustig), **Fanni Lachsmaier** (gallig, eifersüchtig), **Emma Wachler** (dick, gutmüthig), Fräulein **Apfelblüh** (beredt, verbissen), **Adele Kriegler** (schwärmerisch), **Tini Lachsmaier** (naiv, sentimental); sie tragen auffällige Kleidung, welche in Schnitt und Farbe vielfach Männertrachten nachahmt; ungewöhnlich, doch nicht unmöglich. Tini's Anzug geht in dieser Beziehung am weitesten.

Pichler. Da sind sie! Der ganze „Club der Freifrauen."

Nr. 6.
Auftritt der „Freifrauen".
Alle.
Frank und frei
Ohne Scheu
Hinwandeln wir die selbstgewählte Bahn;
Keinerlei
Brummerei
Verleidet das Vergnügen, ficht uns an!
Es lebe die Freiheit!
Der Frauen Freiheit lebe hoch!

Frau Pichler.
Wir haben sie nun abgeschworen,
Diese lächerlichen Thoren,
Die da meinen, die da wähnen,
Daß wir ohne sie verloren,
Ohne sie nicht leben können.
Wir fragen uns in aller Ruh:
Wozu so ein Mann? Wozu?

Alle.
Wir fragen uns . . . u. s. w.

Frau Pichler.
Der Eine wimmert Liebe kläglich;
Andre lieben, wenn sie wüthen;
Dieser eifersüchtelt täglich
Und mit seinen Liebesblüthen
Aergert Jener uns unsäglich —
Wir fragen uns in aller Ruh:
Wozu so ein Mann? Wozu?

Alle.
Wir fragen uns . . . u. s. w.
Frank und frei
Sonder Scheu
(u. s. w. wie oben bis:)
Der Frauen Freiheit lebe hoch!

Pichler. Wie sie aussehen!
Lachsmaier. Gar die Tini!
Frau Pichler. Und nun auf einen Frühschoppen!
(Vor dem Gasthaus-Eingang stehen den Frauen plötzlich die Männer gegenüber.)
Frau Pichler. Die Männer!
Die Männer (einstimmig.) Schö=nen = gu=ten = Morgen!
(Die Frauen weichen nach rechts.)
Frau Lachsmaier. Was thun wir?
Frau Pichler. Ruhig! Wir kennen sie nicht!
Frau Lachsmaier. Bravo! Wir kennen sie nicht!
Frau Wachler. Tini! Wir kennen sie nicht!
(Die Männer rücken den Frauen näher.)
Pichler. Küß' die Hand, gnädige Frau! Die Damen sind überrascht?
Frau Pichler. Mein Herr! Ich kenne Sie nicht!
Pichler. Was? Lachsmaier — meine Frau kennt mich nicht.
Lachsmaier. Fanni! Wo haben sie Dich denn so schön angezogen?
Frau Lachsmaier. Mein Herr, ich kenne Sie nicht!
Lachsmaier. Nicht schlecht! Ich hätt' dich beinahe auch nicht erkannt.
Wachler. Emma! Eheweib!
Frau Wachler. Mein Herr, ich kenne Sie nicht!
Wachler. Ei da soll doch —
Pichler. Ruhig — eine lustige Comödie! Und die Damen spielen sie gut.
Knöpfler (besorgt.) Am Ende . . . Fräulein Tini!
Tini. (Weinerlich; die Mutter droht.) Mein Herr! Ich kenne Sie nicht . . . Herr Knöpfler.
Frau Lachsmaier. Tini!
Pichler. Es ist aus und geschehen! Nun meine Damen, haben Sie aber unseren Fürwitz, Ihre geheimen Bahnen zu kreuzen, hinlänglich bestraft. Spielen wir jetzt eine Erkennungs=scene und fliegen wir uns in die Arme!
Frau Pichler. Bitte, mein Herr! Verschonen Sie alleinstehende Damen mit Ihren beleidigenden Anträgen. Sie verkennen uns!

2*

Pichler. Sehr gut! Ist's nun aber genug?

Frau Pichler. Wir sind nicht geneigt, uns auf öffentlicher Straße mit den Nächstbesten in Erörterungen einzulassen. Bitte — belästigen Sie uns nicht weiter!

Lachsmaier. Da hast Du's! Recht geschieht Dir; warum bist Du so zudringlich.

Pichler. Ich fall um! Gut! Platz für die Damen! Wir haben die Ehre, Sie unterthänigst zu grüßen.

(Die Männer treten beiseite und ziehen die Hüte.)

Frau Pichler (zu den Frauen.) Auf die Terasse!

(Die Frauen schreiten, herablassend stolz nickend, im Gänsemarsch an den Herren vorüber. Tini geht als Letzte.)

Wachler. Welche ist die Apfelblüh?

Pichler. Die die Nase am höchsten trägt.

Knöpfler (bekümmert.) Fräulein Tini!

Frau Lachsmaier (weist die zögernde Tini mit einem Blick zurecht und nimmt deren Platz als Letzte ein. Die Frauen ab, ins Gasthaus.)

13. Auftritt.

Vorige ohne die „**Freifrauen**".

Lorenzo. Erreinspazier! Erreinspazier!

Lachsmaier. Die haben uns schön abgetrumpft.

Pichler. Laßt es gut sein. Wir wissen wohin sie gehen und bei der Helenenquelle im Walde werden sie nicht so hochnasig sein. Setzen wir uns.

Lorenzo (zu Pichler.) Das sind die Signore?

Pichler. So ist's!

Lorenzo. Will ich vor ganze Publico lassen fortführen die Bär und dann lassen sagen, Lulu e scappato, durch, los, gegangen in die Wald.

Pichler. Ich verstehe! Die sollen glauben, der Bär sei durchgebrannt und treibe sich im Walde herum. Köstlich, sehr gut!

Lorenzo. So ist's! Mi metto subito al lavoro. Will gleich anfangen. (bei Seite.) O, Teresina werden sein allein! (Geht nach rechts und ruft.) Pietro!

14. Auftritt.

Vorige und die „**Freifrauen**"; Letztere auf der Terrasse des Gasthauses. Gleich darauf **Pietro**, rechts bei **Lorenzo**.

Frau Pichler. Die waren paff!

Frau Lachsmeier. Das war schon recht.

Frl. Apfelblüh. Hoffentlich kommen die Herren nicht auch zur Helenenquelle?

Frau Pichler. Wir müssen auf der Huth sein.

Lorenzo. Pietro!

Pietro. Padrone?

Lorenzo. Machen der Ohren auf! Du nehmen Lulu mit Kette und Schelle ... wir gehen über die piazza hinaus auf die Feld. Ich werden von dort zurückgehen daher; Du mit Lulu gehen über die kleine Berg mit Boschetto an die Weg nach Waldorf. In Boschetto Du bleiben mit Lulu liegen auf die faule Haut, bis werden sein dunkel. Dann Du gehen nach Waldorf. Dort von rückwärts in die Wagen= schoppen von die „weiße Ochs" — die Wirthshaus, wo wir gewesen sein vor vierzehn Tagen. Dort Du bleiben mit Lulu ruhig bis ich selber kommen, Dich holen.

Pietro. Va bene, Padrone.

Lorenzo. Also Du bleiben bei die „weiße Ochs," bis ich dich holen! Capisci?

Pietro. Si, si, Padrone.

Lorenzo. Und nix trinken! Nix trinken!

Pietro. Nit eine Glasel! (Pietro ab.)

Lorenzo. Erreinspazier! Erreinspazier!

15. Auftritt.

Vorige ohne **Pietro**, später auch ohne **Lorenzo**.

Pichler. Sie sind schon oben und blinzeln herunter.

Frau Pichler (auf der Terasse.) Da sitzen sie unten und passen auf.

Nr. 6.
Vierzeilige Stichellieder.

Lachsmaier. Nun ich sag's ja:

Die Frauen, die Frauen
Sind allzeit hoch oben;
Und wie sie's auch treiben
So soll man sie loben.

Frau Lachsmaier. Sie sticheln auf uns; natürlich mein Mann vorne an.

Frau Pichler. Wir bleiben nichts schuldig:

Die Männer, die Männer
Besonders in der Eh!
Sagt ihnen wer die Wahrheit!
Sind sie gleich in der Höh!

Lachsmaier. 's hat schon eingeschlagen! Deine Frau, Pichler! Gib ihr's zurück.

Pichler. Pünktlich!

Die Frauen über die Männer
Sind ewig betrübt;
Sie danken aber dem Himmel,
Daß es Mannsbilder gibt.

Frau Lachsmaier. Ja, ja — wir danken für diese Mannsbilder.

Frau Pichler. Mein Mann!

Frau Lachsmaier. Na wartet!

Die Männer, sie protzen
Und blasen sich auf . . .
Und man kriegt auf sechs Kochlöffel
Ein Mannsbild noch drauf!

(Die Frauen wiederholen unter Gelächter:)

Und man kriegt auf sechs Kochlöffel
Ein Mannsbild noch drauf!

Wachler. Ah, das ist stark! (Will hinauf rufen:) Em...
Pichler. St! Nicht rühren!
Frau Wachler. Mein Mann springt schon!
Pichler. Nur gleich heimzahlen:

S'ist wahr, aber leider,
Es klingt nicht galant!
Lange Haar, lange Kleider —
Aber kurzer Verstand!
(Die Männer wiederholen:)
Lange Haar, lange Kleider —
Aber kurzer Verstand!
(Die Frauen springen auf.)

Frau Pichler. Sie sind gereizt und darum grob.
Frl. Apfelblüh. Das ist eine Beleidigung der Frauenehre. Ich bitte, ich bitte: (Singt mit scharfer Stimme:)

Bei den Männern, ja-freilich
Ist's anders der Brauch;
Röck und Haare tragen sie kurz —
Den Verstand aber auch.

Lachsmaier. Die Apfelblüh! Schau, wie das Emanzipations-Vogerl schneidig vom Baum herunter pfeift!
Pichler. Wir waren auch nicht fein.
Lachsmaier. Die war wohl schon auf einem Frauen-Gymnasium?
Pichler. Und nun möchten sie noch auf der Universität das Disputiren lernen!

Sie können mit Mühe
Das Küchenbuch führen;
Nun wollen sie auf der Hochschul
Mathematik studiren!

Männer.

Nun wollen sie auf der Hochschul
Mathematik studiren!

Frau Pichler. Als ob's bei den Männern mit der Mathematik so weit her wäre!

  Und die Männer, die preisen
  Ihr größeres Gehirn —
  Und sie lassen sich trotzdem
  An der Nas' herumführ'n.

    Die Frauen.
  Und sie lassen sich trotzdem
  An der Nas' herumführ'n.

Lachsmaier. Du, die kennen uns!
Wachler. Das leidet Ihr?
Pichler. In Versammlungen fallen sie noch ganz anders über uns her.

  Auch früher ist's nicht gangen
  Mit Ja = ja und Nein = nein;
  Heut rufens sogar eine
  Weibervolksversammlung ein!

    Die Männer.
  Weibervolksversammlung ein.

    Frau Pichler.
  Und wann die Männer sich versammeln,
  So redens daher —
  Als ob's eine Gesellschaft
  Von Klatschbasen wär!

    Die Frauen.
  Von Klatschbasen, Klatschbasen, Klatschbasen wär.

Wachler. Ich muß zu meiner Frau!
Pichler. Ruhig! Sie find schon aus Rand und Band.
(laut.) Ja diese Gesellschafts=Retterinen!

  Da ziehen und walken sie
  Einen Strudelteig aus —
  Im Handumdrehen wird eine
  Neue Weltordnung draus!

Frau Lachsmaier. Was, über meinen Strudelteig wird geschimpft?

Lachsmaier. Nein, so ist's:
Da kochen und brüten sie
Eine neue Weltordnung aus —
Im Handumdrehen wird aber
Ein Strudelteig draus!

Die Männer.
Ein Strudelteig, Strudelteig,
Strudelteig draus.

Frau Lachsmaier (wirft ihrem Manne von oben entrüstet den großen Strickbeutel an den Kopf.) Das für den Strudelteig!

(Die Männer und die Frauen sind auf; Frau Lachsmaier und Wachler werden von ihrer Umgebung festgehalten und besänftigt. Das Bärenlied erklingt.)

16. Auftritt.

Vorige, Lorenzo mit **Lulu** und **Pietro** aus der Thierbude. **Annita** mit der Schlange.

Lorenzo. Zottelbär! Zottelbär!
Hin und her, hin und her
Lassen deine Beine springen
Und der Schelle lustig klingen . . .

(Im Vorübergehen zu Pichler.) Eccellenza dableiben! Ich zurückkommen.

(Unter Wiederholungen des Bärenliedes wird der Bär durch die Menge nach rückwärts und fort getrieben. Lorenzo und Pietro ab; das Bärenlied verklingt in der Ferne. Orchesterspiel bis zum Schluß.)

17. Auftritt.

Vorige ohne **Lorenzo** und **Pietro.**

Frau Pichler. Gehen wir! Und gerade an ihnen vorbei. Jetzt werden wir sie erst recht nicht kennen!

Frau Lachsmaier. Nicht ansehen werd ich ihn, den Kalfakter!

Frl. Apfelblüh. Strudelteig... Weltordnung... die Bosheit der Menschen ist groß.

Lachsmaier. Sie kommen herunter.

Pichler. Wie halten wir sie eine Weile fest? (Zu Lachsmaier.) Rasch setze dich her; Erdmann wasche ihm das Gesicht! Sagen wir, er sei vor Schreck über den Strickbeutel ohnmächtig geworden.

Lachsmaier. Ja, ja! Macht schnell! (Er setzt sich auf einen Stuhl; die Andern sind um ihn beschäftigt.)

(Die Frauen treten durch die Gasthausthüre auf.)

Pichler (zu Lachsmaier.) Ist Dir schon besser? (Lachsmaier deutet blos.)

Erdmann. Laß ihn! Es hat ihm ja die Stimme verschlagen. Es ist kein Spaß, wenn Einem plötzlich was auf den Kopf fliegt. Er glaubte, es sei die ganze Frau! Hans, frisches Wasser!

Frau Lachsmaier (nähert besorgt sich ihrem Manne.)

Pichler. Hier, meine Gnädige, hier ist ihr Strickbeutel, der das Unglück verschuldet hat.

Frau Lachsmaier. Franz!

(Da platzt Lachsmaier mit einem fröhlichen Lachen heraus; die Männer stimmen ein. Frau Lachsmaier wie die andern Frauen wenden sich beleidigt ab, um fortzugehen.)

18. Auftritt.

Vorige, Lorenzo, Annita.

(Annita produzirt sich vor der Bude mit der Schlange. Lorenzo von rückwärts, wie von Hast und Schreck erschöpft.)

Lorenzo. Presto, prestissimo! Die Ketten aus die Zwinger von die Bär! No no... Annita! O si, si... die Ketten und dazu der große Stang mit Spitz von Eisen!

Annita. Si Padrone! (ab.)

Lorenzo. O dio, dio! (als wollte er zusammenbrechen; darauf ungeduldig.) Annita! (Will in die Bude.)

Annita (kommt und bringt die Sachen.) Eccolo qui.

Lorenzo. (Uebernimmt die Sachen und läuft eine Strecke weit weg; kehrt plötzlich um und legt die Sachen weg.) Annita! Meine fucile, meine Schießgewehr!

Annita. Si, si, Padrone. (ab.)

Lorenzo. O che disgrazia! Was für eine Unglück!

Volk. Was thut er? Was ist geschehen?

Lorenzo. O, che brutto scherzo! Annita! Annita!

Annita. (Mit einer Büchse) Ecco!

Lorenzo (nimmt das Gewehr, geht ein paar Schritte weit und kehrt wieder um.) No, die Ketten, der Stang! (Gibt das Gewehr zurück.)

Annita. Sagen doch — padrone . . .

Lorenzo. (Läuft mit Kette und Stange abermals fort und wieder zurück.) Anche il fucile! (Nimmt alles zusammen.)

Annita. Was sein geschehen?

Lorenzo. (Im Abgehen.) Lulu los, Lulu fuggito, davon gegangen, müssen fangen oder erschieß. (Eilig ab.)

Annita. O noi perduti! (Ab in die Bude.)

Volk. Der Bär ist los! (Stürzt Lorenzo nach.)

19. Auftritt.

Vorige ohne **Lorenzo** und **Annita**.
(Die Frauen rechts, die Herren links.)

Pichler (bei sich.) Bravo Lorenzo!

Wachler. Was ist's denn?

Pichler. Werd es Euch schon sagen. Seht die Frauen! Sie zögern, sie halten Rath.

Frau Pichler. Was thun wir?

Frau Lachsmaier. Der Bär ist los?

Frau Pichler. St! Die Männer beobachten uns!

20. Auftritt.

Vorige, verschiedene **Volksfiguren** von rückwärts. Lebhaftes Treiben im Volke.

Dicker Spießbürger (wischt sich den Schweiß von der

Stirne.) In der Berggasse kommen die Leute auf mich angerannt. „Der Bär, der Bär!" schreien sie. Sie haben mich fast umgerissen.

Kleiner Buckliger (äußerst lebhaft, an Allem Antheil nehmend) Der Bär?

Dicker. „Er ist wild geworden" — schreien sie.

Buckliger. Wild?

Dicker. Im Nu war die Straße leer. Da bin ich auch gerannt.

Buckliger. Kann mir's denken!

Dicker. Der Durst! Der Durst! (Zum Gasthaus.)

Eine Frau (im Sonntagsstaate.) Auf einmal haben sie mich niedergerissen. Alle schreien. Da tritt mir Einer auf den Fuß — wie mit einer Bärentatzen.

Buckliger (der zugehört hat, zu Anderen Hinzudrängenden) Der Bär ist ihr auf den Fuß getreten! (Die hinkende Frau wird abgeführt.)

Ein Hinzutretender. Was ist's?

Buckliger. Der Bär hat sie getreten. Sie muß in's Spital.

Hausirer (mit Kram.) Wo ist der Bärenführer? Ersatz muß er leisten! Ich habe dreißig Gulden Schaden; meinen ganzen Kram haben sie mir heruntergerissen.

Zuschauer. Was hat er gesagt?

Buckliger. Er ist ruinirt. Der Bär hat sein ganzes Waarenlager zerrissen.

Liebhaber (im Sonntagsstaat mit seiner Geliebten.) Mein neuer Rock! Der ganze Schößl ist weg.

Buckliger. Ah, die halbe Seite ist weggerissen.

Zuschauer. Was? Weggerissen?

Anderer. Ganz zerrissen!

Buckliger. Was, ein Mann zerrissen? Und eine Frau getreten —

Zuschauer. Was, eine Frau zertreten!

Buckliger. Und ein Kram vernichtet —

Zuschauer. Ein Kramladen vernichtet?

Anderer. Eine ganze Auslage vernichtet!

Buckliger. Eine Auslage? Ein Mann? Eine Frau?

Zuschauer. Vernichtet! Zerrissen! Zertreten!

Buckliger. Ein Mann zerrissen, eine Frau zertreten, eine ganze Auslage vernichtet —

Mehrere (zugleich.) Jesus — Maria — Josef!

Pichler (ganz rechts zu einigen Buben, denen er Geld gibt.) Schreit nur recht: Der Bär, der Bär ist los!

21. Auftritt.

Vorige, Lorenzo, Annita.

Lorenzo (erschöpft, niedergeschlagen.) O me meschino! Ich nicht mehr können — (setzt sich auf die Stufen seiner Bude.) Povero Lorenzo!

Annita. Che, Padrone?

Lorenzo. Haben nit mehr getroffen; Lulu is fort ... fort! Wird machen Unglück!

Annita. Orribile!

Krämer. Da ist er ja!

Liebhaber. Ja er ist's.

(Beide stürzen auf Lorenzo los.)

Krämer. Er muß zahlen!

Liebhaber. Ersatz leisten!

Lorenzo. O povero me! (Zankt sich mit den Fordernden herum.)

Buben (laufen rückwärts über die Scene und rufen.) Der Bär! Der Bär ist los!

Pichler (zu den andern Herren.) Was werden sie machen?

Frau Lachsmaier. Sollten wir doch nicht lieber ...

Frau Pichler. Muth! Ich hab wohl gesehen, wie mein Mann den Buben Geld gab. Da steckt was dahinter. Sie wollen uns schrecken. Sie sollen's nicht erleben, daß wir nicht zur Helenenquelle gehen. Also — halten wir uns zusammen!

Pichler (ist zu Lorenzo gegangen, dem er Geld gibt, worauf sich dieser von seinen Drängern loskauft.)

Frau Pichler. Mein Mann hat was mit dem Italiener.

Lachsmaier (zu den Damen.) Meine unbekannten Damen! Da oben wär ein sicheres Plätzchen!

Frau Lachsmaier. Danke, wir fürchten uns nicht!

Lorenzo (ganz rechts.) Ecco! Das sein Leben, Bewegung. Mir gefallen der Verwirrung. Möcht ich gleich wirklich eine Bär da lassen hinein. Ha! (deutet, daß er einen neuen Einfall hat; ab in die Bude.)

22. Auftritt.

Vorige ohne Lorenzo.

(Die Herren rechts, die Damen links.)

Pichler. Gestatten Sie, meine Damen, Ihnen unsren ritterlichen Schutz anzutragen.

Frau Pichler. Wir wollen durchaus ohne Ritter und Knappen bleiben.

23. Auftritt.

Vorige. Lorenzo, der einen großen Reisepelz so trägt, daß der Tuchüberzug auswendig ist. Er schleicht sich nach links und zur Gasthausthüre hinein.

Pichler. Bedenken Sie aber, eine Begegnung mit dem Thiere, das sich da herumtreiben wird.

Frau Pichler. Ah, wir haben heute schon andere unangenehme Begegnungen gehabt!

Frau Lachsmaier. Und sind nicht zerrissen worden!

Lachsmaier. Nun, Pichler, wir sind halt gut dressirt!

Frau Lachsmaier. Das ist nur ein Compliment für uns!

(Lorenzo erscheint auf der Terrasse des Gasthauses, wo er den Reisepelz — dem Zuschauer sichtbar — so umkehrt und so zusammenlegt, daß das schwarze Lammfellfutter auswendig ist und die ebenfalls umgekehrten Aermel um das Ganze baumeln.)

Frau Pichler. Bitte — einen schönen Gruß von aus an Ihre — werthen Gattinnen! Vorwärts! Marsch!

(Die Frauen setzen sich nach rückwärts in Bewegung.)

Der Dicke. Es läuft wieder Alles durch die obere Gasse!

Der Bucklige. Sie schreien, der Bär kommt zurück.

(Buben laufen abermals mit Geschrei über die Bühne. Im Augenblicke der größten Verwirrung wirft Lorenzo seinen Pelz von der Terrasse mitten unter die Menge, die mit Zetergeschrei auseinander stiebt. Bewegtes Bild.)

Frau Pichler. Vorwärts!

Pichler. Teufelskerl, dieser Lorenzo!

Lorenzo. Gut is gangen! Ed ora zu Teresina, zu Teresina!

Vorhang.

Zweiter Aufzug.

Ein Waldplatz, hochstämmig aber schütter bestockt. Im Hintergrund eine Felswand, aus welcher eine schön eingefaßte Quelle fließt; darüber in großen Buchstaben an der Wand: „Helenen=Quelle." Rechts von der Felswand dichterer Wald und Zugang zu einer Schlucht. Vorne rechts der starke Stamm eines Baumes; vorne links eine Grotte, darüber Gebüsch. Der ganze Platz ist in der Art eines „Lieblingsplätzchens" ausgestattet: Bänke, Votivbilder, Kränze, Bänder an der Felswand, an den Bäumen usw.

1. Auftritt.

Die Frauen **Marie Pichler, Fanni Lachsmaier, Emma Wachler**, ferner die Fräuleins **Apfelblüh, Tini Lachsmaier** und **Adele Kriegler** um ein auf dem Boden ausgebreitetes Tuch mit Geschirr und Eßwaaren lagernd. **Resi** bedient und kocht schwarzen Caffee.

Frau Pichler. So! Es hat uns Allen geschmeckt.

Frl. Apfelblüh. Ich bitte darüber abstimmen zu lassen, Frau Obmann.

Frau Pichler. Der Antrag lautet sohin zu beschließen, daß uns der kalte Aufschnitt ohne Männer ausgezeichnet geschmeckt hat. Ich bitte diejenigen, welche dafür sind, die Hand zu erheben. (Alle erheben die Hände bis auf Tini.)

Frau Lachsmaier (streng.) Tini! Hat dir der Aufschnitt ohne Hans nicht geschmeckt?

Tini. Ach ja, ja! (erhebt die Hand.)

Frau Pichler. Gegenprobe! Einstimmig angenommen. Bitte protokolliren Sie, Frau Schriftführer!

Frl. Apfelblüh (schreibt in ein großes Buch.) ... einstimmig geschmeckt!

Frau Pichler. Die schnöde Hinterlist unserer Gatten ist also an dem Panzer unseres Frauenmuthes glänzend abgeprallt. Sie wollten uns schrecken und schmählich unter das Joch ihrer Gesellschaft beugen. Der ruchlose Anschlag ist mißlungen. Mit welchen Mitteln unsere Gegner kämpfen, mit denen wir leider zum Theile verheirathet sind ...

Frau Wachler. Oho! Ich bin ganz verheiratet!

Frau Pichler. Ich wollte sagen: zum Theile leider verheirathet sind, das hat sich auch diesmal wieder erwiesen. Der schwarze Pelz, mit welchem sie uns bethören wollten, muß auch den Vertrauensvollsten unter uns die Augen öffnen. Ich bin beinahe der Meinung — und die verehrten Anwesenden werden mir zustimmen — daß die ganze Geschichte mit dem entsprungenen Bären eine niederträchtige Abkartung ist, (Zustimmung) uns ins Bockshorn zu jagen. Ich sage „Bockshorn" mit um so größerer Berechtigung, als schon vor mir der Vergleich: „Männer-Böcke" gemacht wurde. Aber nichts konnte uns schrecken; nichts unseren festen Willen beugen. Gestatten Sie daher, verehrte Clubgenossinnen, daß ich auf den Heldenmuth der „Freifrauen" ein dreifaches „Hoch!" ausbringe.

Alle. Hoch! Hoch! Hoch! (Es wird angestoßen.)

2. Auftritt.

Vorige, Lorenzo.

Lorenzo (links bei der Grotte anschleichend, die Frauen beobachtend.) Ahi, Ahi, Ahi! Haben nir genützt meine List: Frauen haben keine Furcht gefaßt — sind da; sicuro, kommen auch die Signori. E — come son asino! — ich haben selbst gemacht, daß wissen die Signori, wo finden die Frauen . . . Teresina! Wie sich buckt bei Caffeekochen! Ahi! Ahi! Möcht ich springen da hinein unter die donne wie eine Blitz von die Himmel . . . (hält sich zurück) Lento, lento, Lorenzo! Helle lichte Tag . . . Können nur helfen arte ed inganno, Schlauköpfigkeit . . . Sonst Alles verdorben. — Wo is Beppo? Weggeschickt? Nach Waldorf? Weiß ich gut zu machen Brummen von die Bär; hab ich Schelle mit mir von Lulu . . . hab ich gewollt fortjagen Beppo von Teresina. Kann ich nit machen für so Viele, und wenn nachkommen die Signori. Che affare maledetto! Werd ich gehen auf die Weg nach Waldorf und machen Schrecken für die Leut, die wollen kommen daher . . . ma, die Signori, die Signori! Cosa difficile . . . Teresina! Wie sie tragen der Tazza del Caffè! Kann ich nit aushalten! Mir klopfen der Blut in die Kopf . . . Lento Lorenzo! Is mir so: da sein Weide von die Gans — und ich — bin ich das Fuchs, das möchte sich Gansl holen . . . Teresina! Lento, Lorenzo! Potesse, wann wird finster, fang ich doch meine Gansl! (links ab.)

3. Auftritt.

Vorige, später wieder **Lorenzo**.

Frau Pichler. Da ist der schwarze Caffee! Auch einer der Genüsse, den uns die neidischen Männer vorenthalten haben, wie sie denn Alles, was Gott dem ganzen Menschen= geschlechte bescheert, bloß für sich selbst in Anspruch nehmen. Ebenso ist's mit dem Rauchen. (Bietet aus ihrer Zigarrentasche, Zigarretten an.) Bitte bedienen Sie sich! Resi — Du auch!

Resi. Ich küß die Hand! Bei mir raucht's nur manch= mal in der Küche.

Frl. Apfelblüh. Man muß mit dem Fortschritt gehen . . . Bildung! Bildung!

Fr. Marie Pichler. Und nun unsere Rauchlection!

(Während die Frauen sich zum Gesang anschicken, übersetzt Lorenzo hinter ihnen, von Baum zu Baum springend, die Bühne von links nachs rechts, wo er abgeht.)

Nr. 8.
Rauchlection.

1.

Marie.
Die Götter im Olymp allein
Dereinst nur konnten rauchen,
Bei schwarzem Caffee glücklich sein
Und Cigarretten schmauchen.
Womit sie denn auch protzig thaten,
Da Feuer sie allein nur hatten.

Tutti. :|: Womit sie denn auch usw. :|:

Marie.
Und nun lernt,
Was sich gebührt
Und was gefällt:
Wie man die Cigarrette hält,
Zum Munde führt,
Den Rauch entfernt . . . Puh!
Auch durch die Nasen
Müßt Ihr ihn blasen
Und in Ringen
Aufzusteigen zwingen,
Auch mit drucken
Rauch verschlucken . . .

(Einige verzucken sich; zu einander:)

Tutti. Kuß, kuß, kuß,
Kuß, Weiberl, kuß!

2.

Marie.
Doch Prometheus, der edle Mann,
Das Feuer hat gestohlen;
Er brannte sich heimlich Eine an
Und machte sich auf die Sohlen.

:|: Er wird deswegen stets auf Erden
Als Feuerdieb gepriesen werden. :|:
Und nun lernt, usw.
(Wie oben.)

3.

Die Frau nur kennt man nicht einmal,
Die aus des Gatten Tasche
Die erste Cigarrette stahl
Und rauchte sie zu Asche.
:|: Die wackre Frau ist hoch zu preisen,
Frau Promethusa soll sie heißen! :|:
Und nun lernt, usw.

4. Auftritt.

Vorige, die **Frauen** der **Professoren**.

Frau Schaller und Frau Ecker sind während der letzten Strofe der "Rauchlection" von rechts aufgetreten und sehen von rückwärts nach den Frauen mit ihren Stechern.

Frau Pichler. Wer ist da? Wir werden belauscht.
(Die Frauen im Vordergrunde nehmen ebenfalls Stecher und Gläser zur Hand. Das gegenseitige "Messen" dauert eine Weile.)
Frau Schaller. Was für Anzüge!
Frau Pichler (zu ihrer Nachbarin.) Dieser Hut!
Frau Ecker. Wie geschmacklos!
Frau Lachsmaier. Und dieser altväterische Shwal!
Frau Schaller. Wie sie uns anglotzen!
Frau Wachler. Was gibts nur an uns zu schauen?
Frau Schaller. Gott, Elise! Wenn unsere Männer hier wären . . .
(Die Frauen blicken suchend um sich.)
Frau Ecker. Mich trifft der Schlag!
Frau Schaller. Hier unter diesen Geschöpfen! Wir sind doch bei der Helenenquelle? Aber ich sehe nichts.
Frau Ecker. Ich auch nicht. Mir fällt ein Stein vom Herzen. Nein, so was thut mein Eduard nicht.

Frau Schaller. Elise, trau' den Männern nicht! Aber gehen wir sie suchen. Wie sie uns ansehen, diese ... diese Waldnymphen, diese Mänaden!
(Die Professorenfrauen, hochmüthig lorgnettirend, ab nach links.)

5. Auftritt.
Vorige ohne die **Professorenfrauen.**

Frau Pichler. Sie gehen, die zwei Grazien!
(Die Freifrauen verfolgen die Abgehenden mit ihren Gläsern und gehen ihnen ein paar Schritte, sie parodirend, nach.)
Frau Pichler. Wir haben sie in die Flucht geschlagen. Jetzt aber wollen wir wieder einmal Gericht halten über die Männer.
Frl. Apfelblüh. Bitte, vorerst möchte ich dem werthen Club noch eine Ueberraschung bereiten. Das Weib der Zukunft muß auch in einer neuen Hülle stecken und die heutige Livré der Dienstbarkeit bei dem Männervolke abgelegt haben. Ich und Frau Lachsmaier wollen Ihnen eine Probe unserer Einfindungsgabe vorführen.
Alle. Bravo! Bravo!
Frau Lachsmaier. Tini komm!
(Frau Lachsmaier und Tini ab.)

6. Auftritt.
Vorige ohne **Frau Lachsmaier** und **Tini,**
dazu **Sepp** von rechts.

Frau Pichler. Nun Sepp?
Sepp. Gnädige Frau! Ich hab was gehört!
Frau Pichler. Was denn?
Sepp. Es hat was gebrummt ... und geschellt hat's auch.
Frau Pichler. Ei, was denn?
Sepp. Es hat mich halt an den Bären von Vormittag erinnert. Dann sind zwei Herren an mir vorüber ge-

rannt, die riefen mir zu, sie haben den Bären im Gebüsch grunzen gehört.

Frau Pichler. Wirklich? Und Du fürchtest Dich?

Sepp. Wenn S' erlauben, mag's schon sein!

Frau Pichler. Da seht den Muth der Männer! Verlachen wir ihn! (Alle lachen.)

Frau Pichler. Da wir aber Gericht halten wollen über das Männergeschlecht, so mag er nur dableiben: als Angeklagter. (Rufe „Bravo!")

Sepp. Gnä' Frau, ich hab ja nichts angestellt.

Frau Pichler: Thut nichts! Du bist Mitschuldiger.

Frl. Apfelblüh. Ausgezeichnet! Wenigstens Einer, dem wir die Wahrheit ins Gesicht sagen können!

Frau Pichler. Ah, da kommt Frau Lachsmaier.

7. Auftritt.

Vorige, Frau Lachsmaier und Tini. Letztere steckt in einer Pluderhose, darüber ein farbiger Männerfrack mit Puffärmeln, vom Cylinderhute stehen zwei Adlerfedern seitab, Spitzen hängen an der Krämpe. Alle lachen bis auf Tini, die sich grämt. Frau Lachsmaier und Frl. Apfelblüh tragen Stolz zur Schau. Sepp kommt aus dem Lachen nicht heraus.

Frl. Apfelblüh (streng.) Was gibts da zu lachen? Sehen Sie das Symbolische dieser Kleidung! Die Pumphosen erlauben uns den stolzen Gang der Freiheit; der Frack ist das Staatskleid der Männer; wir bekunden damit, daß auch wir Antheil am Staate haben wollen. Den Cylinder haben die Männer nur eingeführt, um größer zu erscheinen, uns zu imponiren; wir wollen eben so groß erscheinen. Wenn hier dem Putze einige Zugeständnisse gemacht sind, so geschah dies der Frau Lachsmaier zu Liebe, die behauptete, ohne Tand ginge es bei dem weiblichen Geschlechte nun einmal nicht. Was lacht er noch immer, dieser Mensch?

Frau Pichler. Ruhig Angeklagter! Benehme Dich anständig vor deinen Richtern! Wir sind also einig, daß uns dieser Anzug und sein Symbolismus für das freie Weib gar wohl gefällt und wir drücken hiermit den Erfindern unseren wärmsten Dank aus.

8. Auftritt.

Vorige, die Professoren **Schaller** und **Ecker** von rechts.

Frau Pichler. Still, neue Störung!

Schaller. Gott sei Dank, hier sind Menschen.

Ecker. Wie mich dieses Brummen im Busche erschreckt hat . . . Sprechen Sie die Damen an, Herr Professor! Wir müssen sie warnen.

Schaller. Sogar ein Mann ist da. Meine Damen . .

Frau Pichler. Ich empfehle mich!

Schaller. Meine Damen . . .

Frau Lachsmaier. Ich empfehle mich!

Schaller. Die sind nicht sehr zugänglich.

Ecker. Erzählen Sie ihnen, was uns begegnet ist, Herr College.

Schaller. (Stößt auf Frl. Apfelblüh.) Verehrte Damen . .

Frl. Apfelblüh (scharf.) Ich empfehle mich!
(Die Professoren prallen zurück.)

Schaller. Was machen wir? Gehen wir?

Ecker. Kennen Sie sich aus in der Gegend?

Schaller. Nein, Herr Professor.

Ecker. Aber nur nicht da zurück. Hier hörten wir ja . . . Wir müssen dorthin. (Deutet nach links.) Versuchen Sie's doch noch einmal, Herr Collega!

Schaller (geht nochmal vor; dicht an seiner Seite, Ecker.) Hochverehrte Damen . . .

Alle (durcheinander.) Ich empfehle mich! Ich empfehle mich!

Schaller (will zurück, Ecker zieht ihn aber nach links; beide ab)

Die Freifrauen. Wir empfehlen uns, wir empfehlen uns!
(Gelächter folgt den Abgehenden.)

Frau Pichler. Bravo! Schach aller Zudringlichkeit der Männer!

9. Auftritt.

Vorige ohne die **Professoren.**

Frau Pichler. Aber nun zum Gericht!

Alle. Zum Gericht, zum Gericht! (Sie nehmen im Kreise Platz. Resi ganz rechts.)

Frau Pichler. Wo ist der Angeklagte? (Sepp wird in die Mitte geführt.) Resi, gib ihm ein Butterbrod.

Frl. Apfelblüh. Wer erhebt Beschwerde?

Frau Pichler. Ich erhebe Klage wider die Männer und gegen meinen Mann insbesondere, daß er meine Erwartungen von der Ehe bitter getäuscht hat; daß er die Ehrerbietung gegen unser ganzes Geschlecht, insbesondere gegen mich, außer Acht läßt; daß er durch eine unerträgliche Frivolität täglich meine Frauenehre verletzt. „Weiberl, sei wieder gut!" ist seine stehende Entschuldigung. Ich klage ferner, daß er im Caffeehause und im Wirthshause auf die Heimkehr vergißt, daß er meinen Ermahnungen, selbst meinen Liebkosungen mit einem fürchterlichen Gleichmuthe begegnet, daß er oh — oh, — oh!

Frl. Apfelblüh (zu Sepp.) Angeklagter, vertheidige dein Geschlecht!

Sepp (verwundert.) Ich weiß nicht, was die Gnädige will ...

Frau Lachsmaier (hitzig.) Das ist gar nichts! Mein Mann geht der „Hetz" nach mit seinen Freunderln. Er ist leichtsinnig in seinem Geschäft und — Schwestern — das Schrecklichste — es muß heraus — ich glaub er läuft den Schürzen nach. Wenn ich ihn einmal erwische . . .

Frl. Apfelblüh. Ja so sind sie! (Zu Sepp.) Verantworte Dich!

Mehrere. Verantworte Dich!

Sepp. Mein Gott, mir wird Angst und Bang.

Frau Wachler. Oh und der meine ist ein Duckmäuser. Wer weiß ob er's nicht auch so macht, wie der Lachsmaier! Aber er predigt den ganzen Tag Moral, so daß er einem zuwider wird. Ich will Ruhe haben! Er kritisirt ohne Ende. Nichts liegt ihm am rechten Fleck und bei der Nacht wettert er noch über das Bettmachen.

Frl. Apfelblüh. Steh Rede, Mann, für deine Brüder!

Mehrere (auf Sepp eindringend.) Steh Rede!

Sepp. Ich bitt, ich bitt, ich bin unschuldig! Nicht näher kommen . . . ich bin kitzlich!

Frau Lachsmaier. Nun, und Du, Tini? Mache meiner streng emanzipatorischen Erziehung Ehre! Was ist's mit den Zudringlichkeiten des Herrn Hans Knöpfler?

Tini (herausplatzend.) Ach, der ist ja so schüchtern!

Frau Lachsmaier. Was? Am Ende möchtest Du ihn kecker haben! Was sagen Sie, meine Damen?

Mehrere. Oh! Oh!

Frl. Apfelblüh (zu Sepp.) Vertheidige Dich, Mann, Ungethüm!

Sepp. 's wär mir ja recht, wenn ich mehr Courage hätt' bei den Mädeln.

Frl. Apfelblüh. Schändlicher! Frechheit dein Name ist Mann! Und Du, Adele? Zarte Seele!

Frl. Adele Kriegler, (schwärmerisch.) Ach, die Männer haben keine Ideale und darum verstehen sie uns nicht!

Frau Lachsmaier. So ist es!

Resi (bei Seite.) Ihr Ideal wär ein Simandel!

Frau Pichler. Und Resi?

Resi. Gnädige Frau, wenn ich reden soll: Die Männer sind schlecht, das weiß ich; aber wenn ich einmal Einen haben werde, dann will ich mir ihn schon zurecht zügeln.

Frl. Apfelblüh (legt ihr Protokoll nieder.) Wir haben da nun entsetzliche Anklagen vernommen. Sie reichen aber weitaus nicht hinan an das Uebermaaß von Ungerechtigkeit, unter welchem wir, die bessere Hälfte des Menschengeschlechtes, leiden. Gestatten Sie, verehrte Genossinnen, daß ich mich auf eine höhere Warte stelle und mich zum General-Anwalte unserer gerechten Sache aufwerfe. (Begeistert.) In der vieltausend= jährigen Geschichte der Menschheit ist das Weib noch nicht ein einziges Mal zu seinem vollen Rechte gekommen! Immer haben uns die Männer den Fuß ihrer Herrschaft auf den Nacken gesetzt. (Zustimmung.) Mit roher Gewalt habt Ihr

(zu Sepp) — ich sage es dem anwesenden Vertreter des männ=
lichen Geschlechtes auf den Kopf — uns unterdrückt, unsere
Fähigkeiten niedergehalten, unserem Aufschwung die Flügel
beschnitten. Wer kann jedoch sagen, was aus der Menschheit
bereits geworden wäre, wenn wir die Leitung und Führung
derselben einmal dauernd übernommen hätten? (Zustimmung.)
Grausame Herrenvölker durchschneiden die Sprungsehnen ihrer
Sclaven, damit ihnen diese nicht entlaufen. So machen es die
Männer mit uns, damit wir nichts seien, als die Wöchnerinnen
und die Wärterinnen ihrer Kinder, die Mägde ihres Hauses.
Sie fesseln uns mit den Banden der Gebräuche und der Gesetze
an die Galeere der Häuslichkeit. Sie lassen weder die Schönheit
noch die Kraft unseres Körpers . . .

Resi (bei Seite.) Na, na, na!

Frl. Apfelblüh. Zu voller Entwicklung kommen;
sie zwängen unseren Geist in das Kochbuch und in das Wäsche=
büchel. An dem Siegeswagen der Männlichkeit geht das edle
Weib gefesselt einher, ein Kind auf dem Arme ein anderes
an der Hand.

Resi (bei Seite.) Sie hat gar kein Kind!

Frl. Apfelblüh. Sie schlagen uns die Pforten
der Wissenschaft und der Erkenntniß vor der Nase zu, um uns
desto leichter zu unterjochen. Sie verweigern uns jede Einsicht
in das Gemeinwesen, verwehren uns das Mitsprechen und
Mitrathen. Wir haben kein Wahlrecht und kein Recht der
Verfügung über uns selbst; wir können weder Hofrath noch
Minister werden. Wir sind die Parias der menschlichen Ge=
sellschaft! (Zu Sepp.) Und zu der Ungerechtigkeit fügt Ihr
den Hohn und sagt uns: das war allezeit so und müsse so
sein — obwohl viele unseres Geschlechtes trotz aller Unter=
drückung bewiesen haben, daß wir zum Höchsten befähigt sind,
das Tiefste zu erfassen, das Schwierigste auszuführen vermögen.
(Zustimmung. Kreischend:) Das Unrecht schreit zum Himmel,
das gedemüthigte Weib empört sich! Wir wollen nicht länger
Eure Sclavinnen sein! Wir haben die Schmach schon zu lange
getragen! Wir wollen Euer Joch abschütteln! Wir fordern
von Euch das gleiche Recht, unser volles Recht!

Sepp. Mein Gott! Ich hab ja keinem Menschen was gethan!

Frl. Apfelblüh. (Immer auf Sepp zu.) Steigt herunter, Ihr Männer, von dem Throne, den Ihr mit Gewalt und List eingenommen habt, oder räumt uns daselbst den uns gebührenden Platz ü b e r E u ch ein! Wir sind der feinere Organismus! Wir sind das höhere Menschengebilde, wir sind die Blüthe der Menschheit! Nieder in den Staub ihr Männervolk vor der hehren Weiblichkeit! Nieder, nieder, nieder mit Euch! (Sepp sinkt verdutzt in die Knie und duckt sich.) Das „neue Reich" — das ist das Reich der herrschenden Weiblichkeit; und das, was Einer Euer Philosophen nur unklar geahnt hat: Der „Uebermensch" — das ist das Weib! (Hält triumphirend inne.)

Resi (bei Seite.) Ja, d a s Uebermensch!

(Die Frauen klatschen Beifall und rufen „Bravo!" und „Wacker!" Sie drücken Frl. Apfelblüh die Hand.)

Sepp (weinerlich, von den Knieen sich erhebend.) Gott, o Gott — ich hätts nicht geglaubt, daß ich so ein schlechter Kerl bin!

Resi (bei Seite.) Verrückt sind sie Alle!

Frau Pichler, (während die Andern noch um Frl. Apfelblüh beschäftigt sind, zu Resi.) Nun geht einmal wieder und seht zu, daß uns die Männer nicht überraschen.

Sepp (zerknirscht.) Die hat mich schön hergestellt! Was soll denn jetzt aus mir werden?

Resi. Dummrian! (Mit Sepp nach rechts ab.)

10. Auftritt.

Vorige ohne **Sepp** und **Resi.**

Frl. Apfelblüh. Ich danke Ihnen, ich danke Ihnen! Ihr Beifall gilt nicht meiner bescheidenen Rednergabe; er gilt unserer guten Sache. Und damit muß ein Anfang gemacht werden! Jedes von uns kann das in seinem Kreise. Verpfänden wir gegenseitig unser Manneswort — will sagen unser Frauen-Wort. Wenn Jede von uns den ihr nahestehenden

Mann sich unterthan macht, dann haben wir die Herrschaft über Alle gewonnen! Tretet also her, verehrte Freifrauen und schwöret den Rütlischwur . . .

(Alle legen die linke Hand in die rechte des Frl. Apfelblüh. Tini zögert.)

Frau Lachsmaier. Tini!

Nr. 9.
Der Schwur der Weiber.

Frl. Apfelblüh. Schwört!
Alle. Wir schwören!
Frl. Apfelblüh. Kein Händedruck, kein Blick, kein Gruß!
Alle. Kein Händedruck, kein Blick, kein Gruß!
Frl. Apfelblüh. Kein gutes Wort, kein Liebeskuß!
Alle. Kein gutes Wort, kein Liebeskuß!

Frau Lachsmaier. Tini!
Tini (unwillig.) Kein Kuß!

Frl. Apfelblüh. Die Männerwelt sich beugen muß!
Alle. Die Männerwelt sich beugen muß!
Frl. Apfelblüh. Schwört, schwört, schwört!
Alle. Wir schwören, wir schwören, wir schwören!

Frl. Apfelblüh. Und die Unselige, die dieses Schwures nicht eingedenk wäre, muß in der nächsten Sitzung der „Freifrauen" . . . Adele wo ist die Schürze? (Adele zieht aus dem Busen eine Schürze, auf welcher in großen Buchstaben zu lesen steht: „Mannstoll"; Frl. Apfelblüh übernimmt die Schürze.) Die Unselige muß eine ganze Sitzung hindurch diese Schürze tragen!

Frau Pichler. Mannstoll! Das ist aber ein bischen stark!

Frau Wachler. So — so — so grob!

Frl. Apfelblüh. Die Strafe muß abschrecken! Und nun unser Wahlspruch:

Chor.

Selbst ist das Weib!
Selbster als der Mann!
Ihm nicht unterthan,
Ihm nicht Zeitvertreib —
Selbst ist das Weib!

Frl. Apfelblüh. Gedichtet und komponirt von mir selbst!

Adele. Selbst, selbster, am selbsteften! (schwärmerisch zu Apfelblüh.) Meisterin!

11. Auftritt.

Vorige, Resi und **Sepp** von rechts; später **Lorenzo** rechts am Baum.

Resi. (Eilfertig.) Die Männer, die Männer! Vom unteren Weg her. In fünf Minuten sind sie da!

Frau Pichler. Verrath!

Die Frauen. Verrath! Verrath!

Frau Pichler. Was thun wir?

Lorenzo (bei Seite.) Sie komm, die Signori! Ahi, Lorenzo — kein Glück. Che fare?

Frau Pichler. Halt, ich hab einen Plan! Die Männer wollten uns mit dem Bären schrecken ... schrecken wir sie mit dem Bären. Sie sollen glauben, wir seien angefallen worden. Hurtig! Werfen wir hier Alles durcheinander — Kleider und Geschirre — es muß aussehen, als wäre der Bär unter uns gewesen und wir hätten Reißaus genommen, Alles im Stiche gelassen. Oh sie sollen Augen machen!

Die Frauen. Ausgezeichnet, prächtig! Das wird ein köstlicher Spaß! (Klatschen in die Hände.)

Frau Pichler. Eilet! Wir verstecken uns dort in der Schlucht! Und noch was! Eine von uns kommt herbei und erzählt ihnen jammernd, wie das reißende Thier einge-

brochen ist und unter uns gehaust hat . . . Resi! Das ist
deine Aufgabe! Vorwärts!

Lorenzo (der Alles beobachtet.) Was machen die Frauen?

Resi. Gnädige Frau!

Frau Pichler. Du wirst es schon treffen. Heule
und lüge, daß sie schwarz werden, die Verräther! Macht rasch!
Wir zahlen ihnen ihre Fopperei doppelt heim. Sepp, Du
kommst mit uns. (In aller Eile werden die abgelegten Kleider,
Hüte, die Eßwaaren, Flaschen und Geschirre durcheinander geworfen,
als hätten die Frauen im größten Schreck die Flucht ergriffen.) Resi
mach' deine Sache gut! (Alle ab, nach der Schlucht.)

Lorenzo (bei Seite.) Ah, Capisco! Die Signori
sollen glauben an die Bär! Che, fortuna! Die Frauen mir
kommen zu Hilf. (Schleicht sich fast kriechend ganz vorne von rechts
nach links.) Guarda, Lorenzo! Aufgepaßt — und fassen
der occasione bei Schopf! (Links ab.)

12. Auftritt.

Die Herren: **Konrad Pichler, Franz Lachsmaier,
Fritz Wachler, Wolf Erdmann, Hans Knöpfler**
kommen von rechts herangeschlichen, um die Frauen plötzlich zu über=
raschen. Später **Lorenzo.**

Pichler. Hier ist der Platz. Ich sehe Niemand!
(Sie treten näher.) Was soll das?

Lachsmaier. Da sieht es sonderbar aus!

Knöpfler. Da ist was geschehen!

Wachler. Am End ist doch was daran, was die
Leute herumreden.

Pichler. Unsinn! Versteckt haben sich die Frauen.

Wachler. Das macht man aber nicht so! Vielleicht
haben sie von dem Gerede gehört und sind auf und davon.

Knöpfler. O Tini! Tini!

Pichler. Ruhig! Horch!

Resi (hinter der Scene.) Frau Pichler! Hilfe! Hilfe!

(Die Männer stürzen auf die Schlucht zu, wo ihnen Resi wankend entgegen kommt. **Lorenzo** erscheint links im Gebüsch oberhalb der Grotte und lauscht.)

13. Auftritt.
Vorige, Resi, Lorenzo.

Pichler. Resi!

Resi. (Mit allen Zeichen des Schreckens.) Gott sei Dank, daß Sie da sind!

Mehrere. Was ist's denn!

Resi. Ach, Herr Pichler! (knickt zusammen.)

Pichler. So rede doch!

Resi (deutet, daß sie nicht reden kann.) Der Bär!

Wachler. Also doch!

Pichler. Unmöglich! So rede doch!

Resi. Da sind wir gesessen ... plötzlich war er da .. Alles fort! Ich da hinein! Dann find ich mich allein ... komme zurück ... Ach, daß sie nur da sind!

Lorenzo (bei Seite.) Bravissima, Teresina!

Pichler. Was war's? Rede verständig!

Nr. 10.
Romanze vom schwarzen Bären.

1.
Resi.

Seht dort, aus jenem düstern Grunde,
Wo sich verschlingen Zweig und Ast —
Da kam wie aus dem Höllenschlunde
Herangetrollt der böse Gast.
Im Augenblick war er uns nah;
Den Tod vor Augen Jedes sah,
Die Herzen schlugen angstbeklommen ...
Der schwarze Bär, er war gekommen
Der schwarze Bär war plötzlich da!

Männer.

Der schwarze Bär, er war gekommen?
Der schwarze Bär war plötzlich da?

2.
Resi.

Ein schöner Abend war beschieden
Dem auserlesnen Frauenkreis;
Sie unterhielten sich in Frieden
Mit holden Reden wechselweis.
Da horch! Des Unthier's rauher Laut —
Daß uns in tiefster Seele graut;
Dazu die Schelle ward vernommen ...
:|: Der schwarze Bär, er war gekommen,
Der schwarze Bär hat uns erschaut. :|:

3.

Im Busch zuerst die Augen flimmern —
Sodann erscheint das strupp'ge Haupt;
Der Rachen dräut, die Zähne schimmern,
Mordgierig grunzt das Thier und schnaubt.
Und richtet schnuppernd sich darauf
In seiner vollen Höhe auf,
Die Riesenpranken hoch geschwungen ...
:|: Der schwarze Bär, er kam gesprungen,
Der schwarze Bär, im vollen Lauf! :|:

4.

War das ein Schrecken und Entsetzen!
Der Angstschrei ging durch Mark und Bein.
Ich sah die zarten Frauen hetzen
Im Laufe über Stock und Stein.
Ich selber that wie Jedermann
Und lief, was man nur laufen kann;
Noch zittern mir vor Schreck die Glieder ...
Gebt wohl Acht!
:|: Der schwarze Bär, er kehret wieder,
Der schwarze Bär, er packt uns an! :|:

Lorenzo (bei Seite.) Brava, brava!
Wachler. Und wohin flohen die Frauen?
Resi. Dorthin, dorthin! (deutet nach links.)
Lorenzo. Oh, diese Spitzbub!
Erdmann. Das ist der Weg nach den Rundkogel.
Pichler. Ich verstehe das einfach nicht . . .
Wachler. Einerlei, wir müssen nachsehen und das sofort.
Knöpfler. Eilen wir! Oh Tini!
Pichler (zu Resi.) Bist Du sicher?
Resi. Gewiß, dorthin flohen sie.
Lorenzo (bei Seite.) Eine artista, eine primadonna in die Lug und Trug!
Pichler. Und das Thier?
Resi. Ich glaubte es in der Angst hinter mir; es war aber den Frauen nach!
Pichler. Hat es Jemand angepackt?
Resi. Ich kanns nicht sagen.
Pichler. Also auf! Rasch! Wir suchen den Rundkogel ab! (Die Herren zerbrechen eine Bank, bewaffnen sich mit Prügeln.)
Lorenzo (bei Seite, entzückt.) Di primo cartello! Wenn ich nit wär Lorenzo — möcht ich sein Teresina!
Resi. Nehmen Sie mich mit! Nicht um die Welt bleib ich allein!
Pichler. So komm! (Die Männer eilen.)
Resi. Ach, meine Füße!
Pichler. So kommen wir aber nicht vom Flecke.
Resi. Ich komme schon. (Knickt zusammen.)
Pichler. Es geht nicht. Hans, bleib Du da!
(Die Männer stürmen fort bis auf Knöpfler.)
Resi (schreit ihnen nach.) Da bleiben! Ich fürchte mich!
Knöpfler (der einen Augenblick zurück blieb, erinnert sich plötzlich.) O Tini! Tini! (Stürmt ebenfalls fort.)
Resi. (Wankt den Männern nach.) Ich will mit! Ich will mit! Hilfe! (links ab.)

14. Auftritt.

Lorenzo, gleich darauf wieder **Resi.**

Lorenzo (noch immer über der Grotte.) Bravissima! die Signori laufen fort! Resi haben besorgt meine Geschäft ... Ich kommen, Teresina! (Will abgehen. Resi kommt zurück mit hellem Gelächter.) Oho, schon zurück? Wie sie lachen ... wie sie lachen ... (Wirft Resi Kußhändchen zu; faßt sich dann.) Lento, Lorenzo! (Abgehend.) O eine Mädel von die diavolo! (Links ab.)

Nr. 11.
Melodram.

Das Orchester begleitet die folgenden Vorgänge mit Spiel, das in einer Gewittermusik gipfelt.

15. Auftritt.

Resi die **Freifrauen** und **Sepp.** Gleich darauf **Lorenzo** unten bei der Grotte, sich gedeckt haltend.

Resi. Hahaha! Sie laufen über Hals und Kopf! Gnädige Frau!

Die Freifrauen (brechen aus der Schlucht hervor und klatschen in die Hände.) Bravo Resi! Ausgezeichnet!

Frau Pichler. Triumph, die Männer sind überlistet! Wir haben das Feld behauptet.

Frl. Apfelblüh. Wir haben gezeigt, wie sehr wir ihnen geistig überlegen sind.

Frau Pichler. Aber sie werden zurückkommen. Sie sollen uns nicht mehr finden und sich weiter ängstigen. Sucht rasch unsere Sachen zusammen. Wir gehen nach Waldorf. (Die Frauen machen sich mit ihren zerstreuten Sachen zu schaffen.)

Lorenzo. Halt! Darf ich nit fortlassen! Muß ich Weg verlegen; muß ich Frauen erschrecken. Bald is finster, dann — Teresina! (links ab.)

Im Verlaufe ist die Sonne untergegangen. Anzeichen eines Gewitters.

16. Auftritt.

Vorige, dann wieder **Lorenzo.**

Frau Pichler. In Waldorf finden wir Wagen. Die Männer sollen uns erst zu Hause wiedersehen.

Frau Lachsmaier. Wie wollen wir sie auslachen!

Frau Pichler. Sputet Euch! Es dunkelt und der Wind hebt sich; es kommt ein Gewitter. Mag es die Herren der Schöpfung nur tüchtig zausen und durchnässen! Seid Ihr fertig?

(Die Frauen drängen sich mit den aufgerafften Sachen vorne zusammen. Rückwärts springt Lorenzo wie das erste Mal über die Bühne von links nach rechts; bevor er rechts abgeht, läßt er die Schelle erklingen.)

17. Auftritt.

Vorige ohne **Lorenzo.**
(Die Frauen horchen auf.)

Sepp (zitternd.) Gnädige Frau! Gnädige Frau?

Frau Pichler. Was war das?

Sepp. Gnädige Frau, das ist der Bär!

(Die Frauen schreien auf und drängen sich vorne um Sepp zusammen; Frl. Apfelblüh hängt sich an Sepp.)

Sepp. Au! Ich hab gemeint, er hat mich schon!

Frau Pichler. Ruhig! Ich glaub's nicht. Was soll aber sonst der Laut?

Frau Wachler. Um Gotteswillen, gehen wir!

Frau Pichler. Also fort — und haltet Euch zusammen!

(Sepp und Frl. Apfelblüh sind am ängstlichsten. Die Dunkelheit und das Gewitter nehmen zu.)

18. Auftritt.

Vorige, die Professoren **Schaller** und **Ecker** von links.

Schaller. Gott sei Dank, die Frauen sind noch da!

Die Frauen. Männer! Männer! (Sie eilen im Sturm auf die Professoren zu und drängen sich um sie; Sepp wird von Frl. Apfelblüh festgehalten.)

Frl. Apfelblüh. Da bleiben! Da bleiben!

Frau Pichler. Haben Sie auch gehört?

Ecker. Ja — ja — schon viel früher!

Frau Lachsmaier. Sie glauben, der Bär ...

Schaller und Ecker. Was denn sonst?

Frau Pichler. Und wir waren so unartig vorhin.

Frau Wachler. Ich nicht!

Frau Lachsmaier. Es war nur ein Scherz.

Schaller. Bitte, bitte! Aber was jetzt, Herr Collega?

Ecker. Was jetzt?

Schaller. Die Frauen zerreißen mich, Herr Collega.

Ecker. Noch eh' es der Bär thut.

Frau Lachsmaier. Ach, lieber Herr!

Frau Wachler. Ach, lieber Herr!

Frau Pichler. Sie gehen doch mit uns, hochverehrte Herren?

Die Professoren. Ja — ja!

Die Frauen. Fort! Fort!

(Gruppirung von links nach rechts: Schaller mit Tini und Adele; Ecker mit den drei Frauen, Sepp mit Frl. Apfelblüh und Resi. Letztere trägt ihren Korb. Alles drängt nach rechts.)

19. Auftritt.

Vorige, Lorenzo rechts am Baume.

Lorenzo. Wird schon finster (Donnerschlag) Ecco — Musica für Hochzeit von Lorenzo!

(Tritt hinter die Scene, von vorher sich gleich darauf stärkeres Grunzen und Schellen als früher vernehmen läßt. Die Gesellschaft auf der Bühne, welche rechts abgehen wollte, prallt mit einem Angstschrei zurück.)

20. Auftritt.

Vorige ohne **Lorenzo.**

(Neue Gruppirung von links nach rechts: Sepp mit Fräulein Apfelblüh und Resi. Schaller mit Tini und Adele; Ecker mit den Frauen. Tini und Frau Lachsmaier in den Armen Schallers und Eckers halb ohnmächtig. Sepp hängt sich an Resi; an Sepp hängt sich Frl. Apfelblüh.)

S ch a l l e r. Herr Professor!
E ck e r. Herr Collega!
S ch a l l e r. Meine Glieder —
E ck e r. Meine Beine —

21. Auftritt.

Vorige, die **Frauen** der **Professoren.**

(Frau Schaller und Frau Ecker kommen eilig flüchtend von links und stoßen auf die Gruppe um Sepp, der ausreißt und zu der Gruppe um Ecker flüchtet.)

S e p p. Au — zwei auf einmal!
F r a u S ch a l l e r. Hier sind Leute!
F r a u E ck e r. Helfen Sie uns!
S ch a l l e r, E ck e r. Ha! diese Stimme!
D i e F r a u e n. Unsere Männer!
F r a u S ch a l l e r. In welcher Umgebung!
F r a u E ck e r. Dacht ich's doch!
F r a u S ch a l l e r. Uns bedroht das Thier . . .
F r a u E ck e r. Unsere Männer in den Klauen . . .
F r a u L a ch s m a i e r. In was für Klauen?
F r a u P i ch l e r. Ruhe! Wir Alle sind bedroht!
F r a u S ch a l l e r. Unsere Männer . . .
F r a u E ck e r. Gehören uns!

(Die Professoren machen einen Versuch, sich von ihrer Umgebung loszumachen; sie werden von den schreienden Frauen festgehalten.)

F r a u P i ch l e r. Meine Damen — in der gemeinsamen Gefahr will Jede wenigstens ein Endchen von einem

Manne. Nehmen Sie **den da**! (Schiebt den Professorenfrauen Sepp zu.) Der ist der Stärkste! (Sepp bildet mit den Professorenfrauen die Mittelgruppe.)

Frl. Apfelblüh. Und ich? Auch ich will ein Stück Mannsbild.

(Sucht sich bei den verschiedenen Gruppen einzudrängen.)

Frau Schaller (zu ihrem Manne.) Na warte!

Frau Ecker. Bis wir daheim sind!

Frau Pichler. Wir müssen aber fort! Deutlich hörten wir das Unthier.

Frau Schaller. Wir schon vorher.

Frau Pichler. Auch kommt ein Regenguß. Also fort!

(Drängt nach rechts.)

Frau Lachsmaier. Nicht dahin!

Frau Pichler. Also dorthin. (Deutet nach links.)

Frl. Apfelblüh. Einen Mann, zu einem Mann will ich!

(Man setzt sich nach links in Bewegung; von dorther stärkeres Grunzen und Schellen als je zuvor. Alles prallt zurück. Verwirrung.)

Sepp. Da ist Einer, dort ist auch Einer, überall Bären!

(Er reißt den Professorenfrauen aus, die sich wieder an ihre Männer machen wollen. Alles flieht und schreit durcheinander. Frl. Apfelblüh erwischt endlich alle drei Männer und hält sie, in ihrer Mitte stehend, nach Kräften bei sich fest, während andere Frauen die Männer ihr zu entreißen suchen.)

Frl. Apfelblüh. Ich brauche männlichen Schutz!

Resi. Nun gibt's nicht Männer genug!

22. Auftritt.

Vorige, Lorenzo.

Lorenzo (ist wieder rechts am Baume erschienen, hat Alles beobachtet.) Nun seien Zeit! Ecco il vero momento!

(Es ist völlig Nacht geworden; Sturm, Blitze, Donnerschläge, ein Regenguß. Lorenzo nimmt seine Pelzmütze zwischen die Zähne, die Joppe über den Kopf; die Ärmel derselben hoch emporhaltend, stürzt er sich, nachdem er kräftig gebrummt und geschellt hat, bei Gelegenheit des stärksten Blitzes und Donnerschlages unter die Gesellschaft, welche mit Zetergeschrei auseinander stiebt. Sepp wirft sich platt auf den Boden; über ihn hinweg stürzt Lorenzo auf Resi los, welche den Korb weggeworfen hat und schreiend nach der Schlucht flüchtet. Lorenzo ihr nach, ab.)

Das Gewitter und der Regen hören allmählich auf.

23. Auftritt.

Vorige ohne Lorenzo und Resi.

(Die Frauen links um die beiden Professoren gruppirt, Frl. Apfelblüh ohnmächtig im Arme Schaller's. Sepp in der Mitte platt auf dem Boden, das Gesicht auf der Erde.)

Ecker. Er war's! Der Bär!

Schaller. Wir haben ihn gesehen!

Frau Pichler. Er ist Resi nach...

Schaller. In die Schlucht.

Ecker. Nehmen Sie mir die Dame ab.

Frl. Apfelblüh (zu sich kommend.) Wo bin ich? Gott sei Dank in Mannes-Arm!

(Man hört Resi schreien:) Hilfe! Hilfe!

Frau Pichler. Gott! Er hat sie ereilt!

Sepp. (Richtet sich auf.) Bin ich ganz?

(Geräusch von brechenden Ästen aus dem Hintergrunde; neue Hilferufe Resi's:) Hilfe! Sepp! Hilfe!

Frau Pichler. Sie setzt sich zur Wehre... Sepp! Wir müssen Hilfe bringen!

Sepp (zufrieden.) Na, wenn er den Brocken frißt, hat er genug!

(Neue Rufe Resi's, etwas entfernter.)

Frau Pichler. Sie entflieht! Meine Herren, Sie müssen hin! Sepp!

(Die Frauen schreien:) Nein! nein!

Frl. Apfelblüh. Die Männer müssen dableiben!

(Neuerliche stärkste Hilferufe und Gekreisch Resi's. Sepp flüchtet hinter die Frauen.)

Frau Pichler. Er hat sie wieder gefaßt...

(Schwächere Rufe Resi's.)

Frau Pichler. Sie erlahmt! (Flehend:) Meine Herren!

Frau Schaller. Was, meinen Mann?
Schaller. Es rührt sich nichts mehr!
Frau Pichler. Wehe, wehe! Es ist aus mit ihr!
Frau Lachsmaier. Es ist aus mit ihr!
Frau Wachler. Es ist aus!
(Pause der Niedergeschlagenheit Aller.)
Frau Pichler. Sie ist das Opfer für uns. Arme Resi!
Frl. Apfelblüh. Wenn aber das Thier zurückkäme?
(Die Frauen schreien auf und drängen sich an die Männer.)
Frl. Apfelblüh. Zu retten ist nichts mehr. Retten wir uns!
Die Frauen. Fort, fort! (Es entsteht wieder ein Ringen um die Männer.)
Frau Pichler. Man muß doch nachsehen . . .
Die Frauen. Nein, nein! Fort, fort!
Frau Pichler. Nun denn, nach Waldorf! Sepp, geh voraus!
(Gruppirung von links nach rechts: die Frauen Schaller und Ecker; dann Tini, Frau Pichler und Frau Lachsmaier bei Ecker; Frau Wachler, Frl. Apfelblüh und Adele bei Schaller; Sepp.)
Frau Ecker. Zu uns die Männer!
(Die Professoren werden von den sie umgebenden Frauen festgehalten.)
Frau Schaller. Man lasse uns wenigstens einen Mann!
(Die Professorenfrauen machen einen Versuch bei der Gruppe Ecker; vergebens.)
Frau Ecker. Unerhört!
(Ebenso mißlingt ein Versuch Beider bei der Gruppe Schaller.)
Frau Schaller (zu ihrem Manne.) Na warte!
(Entrüstet fassen die Frauen Sepp ab und hängen sich an ihn.)
Frl. Apfelblüh. Wann gehen wir endlich?
Alle. Fort! Fort! (drängen einander.)
Frau Pichler. Aber unsere Männer?
Frau Lachsmaier. Wer weiß, wo die sind. Nur fort!
Frau Pichler. (Im Abgehen.) Arme Resi!
(Alle ab.)
Schluß des Melodrams. Die Bühne bleibt eine Weile leer.

24. Auftritt.

Lorenzo kommt aus der Schlucht.

Lorenzo. Che vergogna! Der Mädel sein davon, auskommen, pfutsch. Hab nit mehr finden in Finsterniß. Hat gemerkt, daß ich nit Bär und dann . . . (wischt sich über die Hände und das Gesicht.) Oh Teresina! Mi farebbe impazzire!

Nr. 12.
Trinklied.

Corpo di bacco!
Maledetto, maledetto!
Will bissel fangen,
Streichel die Wangen —
Halten nix Stand!

Beißen und schlagen —
Stoß in die Magen —
 Statt einer Baccio
 Kriegen ein Vaccio . . .
Schwer war der Hand!
 Oh, oh, oh!

(Prosa.) Alle sein fort! Da liegen Sachen: Eine Korb halb leer . . . Ah von Teresina! Eine Kamm . . . eine Zopf . . . eine scatola (öffnet; eine Puderwolke erhebt sich) Puh! (Thut dies und Anderes in den Korb. Stößt dann auf Weinflaschen.) Ah, Ah, Ah!

Evviva! Ich finden da der Flaschen
Und der Flaschen sein gefüllt —
Müssen der Amore fasten,
Seien doch der Durst gestillt!
Vino rosso — kommen trösten,
Kommen stärken Seel und Leib; (Trinkt.)
Oh er schmecken, sein vom Besten . . .
 Hol der Teufel alle Weib!

Ja, die Ärger sein bald vergangen,
Werden bottiglia voll immer sein;
Flaschen, die haben ja auch runde Wangen,
Seien der Haut von ihr glatt auch und fein.
Ein Schätzchen, ein andres, ich haben genommen —
 Jo ti amo! Nur dich ganz allein!
Sollst von der Busen nimmer mir kommen . . .
 Ich bleiben beim Wein, beim Wein!
   (Er trinkt mächtig.)

(Rufe links hinter der Scene:) Halloh! Marie! Fanni! Tini!
 Lorenzo. Oho, die Signori! Meine bottiglie!
(Rafft eilig einige Flaschen noch auf und gibt sie in den Korb. Sucht noch weiter nach Flaschen.) O, der gute Wein; ist so Schad!
(Versteckt sich im letzten Augenblick hinter einem Baum.)

25. Auftritt.

Lorenzo, dazu **Pichler, Lachsmaier, Wachler, Erdmann, Hans Knöpfler.**

 Pichler. Wir sind wieder bei der Quelle.
 Wachler. Alles still.
 Pichler. Dort nichts, hier nichts. Hoffentlich sind sie längst in Sicherheit!
 Knöpfler. O Tini!
 Lachsmaier. Hier liegen noch Sachen herum.
 Pichler. Wenn man Licht hätte!
 Erdmann. Halt, wir Junggesellen sind für die Nacht immer besser ausgerüstet. (Zündet ein Wachsstöckel an. Man leuchtet herum, dabei wird Lorenzo entdeckt.) Holla! Wer da?
 Lorenzo (bei Seite.) Au! Was sag ich?
(Lorenzo wird vorgeführt, nachdem er seinen Korb sorgsam am Baume zurückgelassen hat.)
 Pichler. Das ist ja der Bärenführer, der Thierbändiger! Ho, Freund Lorenzo, was machst Du da?
 Lorenzo. Weiß ich nicht . . .

Pichler. Und was ist's mit dem Bären?

Lorenzo. Weiß ich nicht . . .

Pichler. Wir haben ihn ja selbst gehört, und die Frauen haben ihn gesehen.

Lorenzo. Wenn Sie hab selbst gehört —

Pichler. Was ist's also?

Lorenzo. (Nach einigem Bedenken.) Hab ich hier Lulu gesucht.

Pichler. Und was ist's mit unseren armen Frauen?

Lorenzo. Sein unbesorgt, Signori! Ist nix geschehen, gar nix! Lulu e bona bestia, eine gute Vieh. Frauen sind schon sicher in Waldorf.

Pichler. Wie kannst Du das sagen?

Lorenzo (plötzlich mittheilsam.) Lulu hat Frauen nur paura gemacht, nix sonst. Meine Knecht Pietro — Dummkopf — hat Lulu lassen laufen fort. Ich bin gangen suchen; finden hier Lulu — will mir nix folgen, is da hinein in Schlucht. Ich gleich nach und ihn packen bei seine Fell. Rauf ich mit ihm — bin ich eine starke Mann! Aber mit Frauen war nix, gar nix.

Pichler. Und wo ist Lulu jetzt?

Lorenzo. Wo ist? Ich glaub noch da drin. Wird schlafen. Werd ich da bleiben, morgen zu Haus führen.

Pichler. Eine merkwürdige Geschichte!

Lorenzo. Glauben nix, was ich erzähl? (Eifrig.) Hab ich kämpfen mit Lulu da drin, wie eine Ercole mit dem Leone. Da — da — bin ich ganz zerkratzen von seine Krallen; und da — da, ganz geschwollen in Gesicht, wie hat mit seine Pratzen mir Eins geben. Ha, glaub Sie jetzt? Lorenzo sempre amico della verità. Ich bleiben nun da bis morgen früh. Allore, pfeif ich bei Tag Lulu — st — kommen von selber.

Pichler. Ei, ei, wie seltsam!

(Man hört plötzlich Lärm, Rufe, Gerassel hinter der Scene rechts.)

Pichler. Was ist das?

26. Auftritt.

Vorige, dazu die **Bärenjäger.**

(Ein wunderlich ausgestatteter Zug von Bauern, Jägern usw., den Bürgermeister und die Dorfwächter von Waldorf an der Spitze, kommt heran mit Fackeln und Laternen, Waffen und allerlei Geräthen.)

Nr. 13.

Chor und Marsch der Bärenfänger.

Mit Spieß und Speer,
Mit Schießgewehr,
Wir kommen her —
Unser wird der Bär!
 Bärenbraten
 Wird uns gerathen;
 Bärenschinken
 Werden uns winken;
 Bärentatzen
 Werden wir schmatzen.
Gib acht! Wir haben dich schon,
Du Mordgesell —
Dein dickes Fell
Wird unser Lohn!

  Orchesterspiel bis Actschluß.

 Bürgermeister. Da sind wir, bei der Helenenquelle. Hier heißt es, sei der Bär unter Frauen eingebrochen. Von seinen Unthaten ist die ganze Gegend erfüllt. Man spricht von drei Zerrissenen und mehreren Verwundeten. Alle Tapferen unseres Ortes sind ausgezogen: ich habe bereits an die Statthalterei um Truppen telegraphirt.

 Pichler. Was sagen Sie? Eingebrochen? zerrissen? Hollah, Lorenzo! (Zerrt ihn vor den Bürgermeister.)

 Lorenzo. Oh, oh! Ist alles nit wahr, nit wahr!

 Bürgermeister. Wer ist der Mann?

 Pichler. Der Bärenführer, der Herr des Bären.

Bürgermeister. Ah, das ist ein Fang! Nehmt ihn fest, Leute! (Die Dorfwächter stellen sich beiderseits Lorenzo's auf.) Er muß für alles haften, was sein Thier angerichtet hat; alle Verwundeten bezahlen, allen Zerrissenen den Schaden vergüten und uns die Unkosten* und obendrein den Verlust in Folge bleibender Störung des Fremdenverkehrs!

Lorenzo. Oh, Eccellenza! Nix zerrissen, nix verwundet! Lulu gar nix dagewesen — sicuramente, nix da sein!

Pichler. Was, Du hast ihn erst fangen wollen? Hast mit ihm gerungen?

Lorenzo. Verzeihung, Eccellenza! Is nicht wahr; in verwirrte Sinn haben ich das gesagt —

Pichler. He? Da seht her! So hat ihn der Bär zerkratzt — und die geschwollene Wange? Das hast Du uns selbst gezeigt, Du Freund der Wahrheit!

Lorenzo. Wehe, wehe, Lorenzo! (bei Seite.) Von Teresina kann ich nix erzählen . . . (Laut.) Eccellenza, ist nix so! Will ich der Wahrheit sagen! Lulu müssen in Waldorf sein, in die Stall von „weiße Ochs" — Pietro bei Lulu!

Bürgermeister. O Du Hallunke! Da kommen wir ja her! Dort ist weder ein Bär, noch so ein Lump Pietro!

Lorenzo (paff.) Maledizione! Keine Bär? keine Pietro? Finalmente — Lulu wirklich scappato? Ja, ja Pietro saufen! (Verzweifelt.) Oh, oh! Povero Lorenzo! dann sein ich ruinirt! O der Liebe! O der Liebe!

Bürgermeister. Aha! Beißt Dich das Gewissen?

Pichler. Wir müssen nach Waldorf, endlich zu wissen, was es mit den Frauen ist.

Bürgermeister. Ihr, Wächter, führt den Gefangenen in den Gemeindekotter. Wir durchstreifen den Wald nach der Bestie.

Lorenzo (bei Seite.) Muß ich wissen, wo ist Lulu; muß ich wissen! Aber die Wein, die gute Wein! (Blickt nach dem Korbe.)

Pichler. Vorwärts, Freunde! Nach Waldorf!

Bürgermeister. Habt Acht! Wir theilen uns in drei Heerhaufen, durchstreifen den Wald; in der Mitte treffen wir zusammen. Morgen sollen alle Zeitungen von uns sprechen, von den Tapferen von Waldorf.

(Inzwischen hat sich Lorenzo hinter den Wächtern herumgedrückt, die auf die Befehle des Bürgermeister gespannt horchen. Lorenzo erfaßt den am Baum rechts stehen gelassenen Korb Resi's mit den Weinflaschen und entspringt.)

Bürgermeister. Ganz Europa blickt auf uns! Ihr Wächter, ab nach Waldorf... Ja, wo habt Ihr den Gefangenen? (Die Wächter machen verdutzte Gesichter; der Bürgermeister schreit ihnen zu:) Esel!

Vorhang.

Dritter Aufzug.

Dorfplatz von Waldorf. Nach rückwärts: breite Dorfstraße, darüber der helle Mondenschein, der sich in den Pfützen und Lachen spiegelt. An den Häusern beleuchtete Fenster. Rechts ganz vorne ein breites Thor, die Einfahrt in den Gasthof „Zum weißen Ochsen." Das Bild eines solchen und die Aufschrift: „Stellfuhr-Aufnahme" über dem Thore. An das Thor anschließend: der Eingang in den Gastraum mit Tischen davor. Stimmungsbild: Ruhe nach schwerem Gewitterregen. Gegen Mitternacht.

Etwa in der dritten Gasse der Bühne eine ziemlich breite Wasserlache, über welche die von rückwärts Ankommenden schreiten müssen.

(Die Lache ist durch einen an den Rändern aufgewulsteten Kautschukfleck ermöglicht, der eine dünne Schichte Wasser hält; einige Holzklötze als „Steine" bilden einen Uebergang. Das Uebersetzen gibt Anlaß zu Schwänken und komischen Unglücksfällen. Die Lache wird später entfernt. An Theatern, welchen das vorzurichten nicht möglich ist, wird die Lache durch einen „Graben" ersetzt, über welchen ein wackeliger Laden gelegt ist. Das erfordert natürlich einige Aenderungen im Texte.)

1. Auftritt.

Lorenzo kommt aus dem Gasthofthore.

Lorenzo. Nix, nix! Povero Lorenzo! Ist so, wie Borgomastro gesagt haben: in „weiße Ochs" keine Bär, keine Pietro. Nix in Stall, nix in Schupfen! Bin ich davon gesprungen, hergelaufen, zu zeigen: da, da — die Bär! Nix, nix! Sono tutto disparato. Lulu wird haben gemacht Unglück.

— E Teresina? Cospetto di bacco! Möcht ich sie haben in eine von meine Käfig — sie vorzuführen eine hochverehrtes Publikum als eine wilde Katz! Ma — i miei rispetti für ihre Tugendhaftigkeiten. Versteh ich nicht, wie sie kann sein so ... O casta diva! ... Versteh ich nicht. Oh, oh, vor mir stehen carcere, processo, Straf zahlen; werden kommen, mich fangen ... Geh ich geschwind, noch früher austrinken die bottiglie in die Korb von Teresina. Keine Lulu, keine Teresina; Lulu hin, Teresina hin, ich hin, Alles hin ... sono rovinato, rovinato! (Ab in das Gasthausthor.)

2. Auftritt.

Frau Schaller, Frau Ecker am Arme **Sepps,** jenseits der Lache von links kommend.

(Die Auftretenden wie die später nach und nach Ankommenden tragen Anzüge, welche den vom Gewitterregen angerichteten Schaden in drastisch komischer Weise zur Anschauung bringen; Einige haben entlehnte Kleidungsstücke.)

Frau Schaller. Lieber Josef!

Sepp. Sepp heiß ich!

Frau Schaller. Lieber Sepp also!

Frau Ecker. Guter Sepp!

Frau Schaller. Ich kann nicht mehr.

Sepp. Wir sind ja schon da! Dort ist das Wirthshaus und der Standplatz.

Frau Ecker. Wo sind die Wagen?

Sepp. Wird keiner da sein!

Frau Schaller. Gehen wir nur hin.
(Sie treten in die Lache.)

Sepp. Ja so! Da hat es durchgerissen. Aber da ist auch ein Uebergang.

Frau Ecker. Da kann ich nicht hinüber.

Sepp. Wird schon gehen, von einen Stein zum andern. Kommen Sie nur. (Führt zuerst Frau Schaller über die Lache.)

Frau Schaller. Ich bin schwindlich! Ah! Sie spritzen mich an!

Sepp. Gut ist's gangen. (Führt sodann Frau Ecker hinüber.)

Frau Ecker. Nicht auslassen! Ich falle um!
(Sepp muß sie um die Mitte fassen.)

Frau Schaller (bei Seite.) Nur damit er sie anfaßt!

Frau Ecker. Danke, Sepp. Schön sehen wir aus!
(Alle sind diesseits der Lache.)

Frau Schaller (anzüglich.) Ja, wenn wir den Sepp nicht gehabt hätten!

Frau Ecker (ebenso.) Sie haben sich ordentlich angehalten.

Frau Schaller. S' ist gut, daß unsere sauberen Männer so weit zurück sind.

Frau Ecker. Acht Tage sollen sie sitzen müssen bei der Stegbäuerin und bei Wasser und Brot.

Frau Schaller. Die liederliche Gesellschaft dort wird Ihnen ganz gut passen.

Frau Ecker. O, diese Männer!

Frau Schaller. Unsern Sepp ausgenommen!

Frau Ecker. Na ja! Sehen wir also nach einem Wagen.

Sepp (hinterdrein gehend.) Ich spür meine Knochen nicht.
(Alle ab in den Gastraum.)

3. Auftritt.

Herr und **Frau Pichler**, dann **Herr** und **Frau Lachsmaier**; jedes Paar unter einem großen Bauernschirm. Sie und die folgenden kommen alle von links rückwärts der Lache.

Frau Pichler. Bist Du gut, Männchen?

Pichler. Warum denn nicht?
(Küssen sich, wobei sie sich mit dem Schirm decken.)

Pichler. Mach doch den Schirm zu!

Frau Pichler. Laß nur; 's ist wegen den Andern.

Lachsmaier. Weiberl sei gut! Und da hast Du einen Schmatz!

Frau Lachsmaier. Pst! Wenns die Andern sehen!
(Deckt ebenfalls mit dem Schirm.)

Lachsmaier. Und hast Du ausgegrollt?

Frau Lachsmaier. Nun, für den Augenblick —

Lachsmaier. Sehr gut! Ihr macht Streiche und seid hinterher noch böse. Jetzt bist Du aber doch froh, daß ich da bin.

(Küßt seine Frau, Spiel mit dem Schirm.)

Frau Pichler. Wie froh bin ich, nach all dem Schreck, daß wir uns wieder haben. (Küßt ihren Mann, Spiel mit dem Schirm.)

Pichler. Geh, plag Dich nicht, die machen's auch so.

Lachsmaier. Da kommen die Wachler.

4. Auftritt.

Vorige, Herr und Frau Wachler.

Frau Wachler. So hör doch auf! Seien wir froh, daß es so ausgegangen ist.

Wachler. Das kommt von solchen Ausschreitungen, die gegen alle Zucht und Sitte sind. Das Weib gehört zum Mann!

Frau Wachler. Wir haben uns halt auch einmal einen Jux gemacht; mit Eurer „Zucht und Sitte" ist's auch nicht weit her.

Wachler. Der Mann kann sich einen Jux machen, aber die Frau . . .

Frau Wachler. Schöne Grundsätze! Schauen wir lieber, wie wir da hinüber kommen.

Wachler. Da ist der Mann wieder gut dazu, seinen hilfreichen Arm zu leihen.

Frau Wachler. Nun, so hilf!

Wachler. (Indem er hilft.) Es geht einmal nicht, daß sich die Frau über die Linie hinaus begiebt, welche ihr die Natur gezogen hat.

Frau Wachler. Jetzt läßt er mich da mitten drin stecken und hält mir eine Standrede. Halte mich, oder ich lieg drin!

Wachler. Das ist unweiblich, unschön — und heute hat Euch ein Walten roher Naturkräfte belehrt, daß Ihr auf den Mann angewiesen seid. (Hilft ihr ganz hinüber.)

Frau Wachler. Gott sei Dank. Durch die Red und durchs Wasser!

Lachsmaier. Komm jetzt schwimmen wir!

Frau Lachsmaier. Ah, möchtest mich im Wasser sehen?

Lachsmaier. Nun, so hüpf' allein drüber!

Frau Lachsmaier. Nein, nein!

Lachsmaier. Brauchst mich doch?

Frau Lachsmaier. Leider! (Im Uebersteigen.) Aber wenn ich wüßte, daß Du einer Andern lieber helfen möchtest als mir — Au! (rutscht ins Wasser.)

Lachsmaier (hilft ihr heraus.) Na siehst Du, Eifersucht macht blind, und darum bist Du in's Wasser gestiegen.

Frau Lachsmaier. Da bist nur Du schuld!

Pichler. Nun, Marie?

Frau Pichler. Vorwärts!

(Uebersetzen mit Geschick und Anmuth.)

Frau Pichler. Ich möchte gleich nochmals zurück, denn:

Nr. 14.

Die Frauenparade.

1.

Marie. Kleiner Fuß, feiner Schuh
Und ein schöner Strumpf dazu —
Ist der Frauen Lust und Freude
Und der Männer Augenweide.
Alt und junge Herren spähen,
Wenn sie so ein Füßchen sehen
  Auf der Promenade . . .
:|: Das ist unsere Parade! :|:

2.

Nicht zu hoch, nicht zu tief,
Nicht zu grade, nicht zu schief
Müssen wir an Regentagen
Graziös die Schleppe tragen.
Mag es noch so heftig wehen,
Darf man nur die Knöchel sehen
Und ein Achtel Wade ...
:|: Das ist unsere Parade! :|:

3.

Stein um Stein, mit Geschick
Legen wir den Weg zurück;
Schreiten auf den Zehenspitzen,
Daß wir nicht den Strumpf bespritzen.
Doch ein Männerherz zur Stunde
Blutet schon aus tiefer Wunde;
Größer ist der Schade ...
:|: Das ist unsere Parade! :|:

Frau Lachsmaier (zu ihrem Manne.) Da gafft Du, Sünder!

5. Auftritt.

Vorige, Erdmann und Adele, dann Frl. Apfelblüh.

Erdmann. Da sind wir; und ordentlich zugerichtet!
Adele. Ach helfen Sie Fräulein Apfelblüh!
Erdmann. Die muß ja Fräulein Tini überwachen.
Adele. Sie ist so ideal, so begeistert!
Erdmann. Kann sie Strümpfe stopfen?
(Frl. Apfelblüh hört man schon hinter der Scene schreien.)
Frl. Apfelblüh. Alles läuft fort! Man läßt mich allein! Frau Lachsmaier! Abscheulich, die Männer laufen davon und die Frauen laufen ihnen nach. Und dieser schändliche Weg! Frau Lachsmaier! Ihr Fräulein Tochter ...
Frau Lachsmaier. Was ist's denn?

Frl. Apfelblüh. Die Abtrünnige scharmuzirt mit Herrn Knöpfler!

Frau Lachsmaier. Richtig, die Tini! (ruft) Tini! (zu ihrem Mann) Du denkst aber auch an gar nichts!

Lachsmaier. Die Tini? Das ist ja deine Sache!

Frau Lachsmaier. Tini!

Frl. Apfelblüh. Es ist ein Scandal!

Frau Lachsmaier. Tini!

6. Auftritt.

Vorige, Hans Knöpfler und Tini.

Frl. Apfelblüh. Sie sind mit Fleiß zurückgeblieben. Frl. Tini macht Ihrer emanzipatorischen Erziehung alle Ehre!

Frau Lachsmaier (über die Lache hinüber.) Na wart, Tini!

Lachsmaier. Ist schon gut. Kommt nur herüber.
(Knöpfler führt Adele, Erdmann Tini über die Lache.)

Frl. Apfelblüh. (Allein noch drüben.) Nun und ich? Mir will Niemand helfen? So sind sie, die Männer! Aber ich verzichte! Selbst ist das Weib! (Will übersetzen, wagt es aber doch nicht.) Nein! Ich seh nicht ein, warum mir die Herren nicht helfen sollen?

Pichler. Bitte, bitte — reichen Sie mir die Hand!

Frl. Apfelblüh. Oh, die Galantrie der Männer! (Reicht Pichler die Hand, wagt aber doch nicht, vorwärts zu gehen.) Nein ich bin schwindlich — und aufgeregt!

Pichler. Aha! Einer kanns nicht richten! Erdmann! (Auch dieser hilft; Frl. Apfelblüh zagt noch immer.) So kommt halt noch Einige her!

(Alle Männer laufen hinzu und mit Handlangen, Stöcken und Schirmen wird das Fräulein mehr herüber gehoben als sie selbst geht. Dabei schreit sie einige Male laut auf.)

Lachsmaier. So! Da haben wir sie!

Frl. Apfelblüh. Sie haben mich grob angepackt! O diese Männer! Wenn sie schon helfen — verletzen sie!

Lachsmaier (ironisch.) Dank' schön, werthes Fräulein!

Frl. Apfelblüh. Bitte, bitte — ich danke den verehrten Herren für ihre Mühe. Ich danke auch den Damen für ihre Gesinnungstüchtigkeit, mit der sie bei der ersten Gelegenheit alle ihre Grundsätze im Stiche ließen. War das ein Jubel, als uns die Männer nachkamen! Da war Alles vergeben und vergessen. Engel vom Himmel wären nicht freudiger empfangen worden. Paar fand sich zu Paar wie am Tanzboden. Wo waren die „Freifrauen?"

Frau Lachsmaier. Sie irren sich; ich bin fest geblieben.

Lachsmaier. Na ja, Du bleibst eine Zuwiderwurzen.

Frau Lachsmaier. Mann! Aber die Frau Obmann ist sofort umgefallen.

Frau Pichler. Was? Ich? Die Frau Wachler fiel gleich ihrem Mann um den Hals.

Frau Wachler. Ja weil ich so müd war. Sie haben aber Ihren Mann sofort ein „liebes Mannerl" geheißen.

Frau Pichler. Und Sie haben Ihrem Mann gesagt, „Gott sei Dank, daß du da bist!" Und die Frau Lachsmaier hat zu dem Ihrigen „Mein lieber Franz" gesagt. Und Sie sind von ihren Männern gar nicht mehr losgekommen; ordentlich geklebt sind Sie!

Frau Lachsmaier. Und Sie auch! Ich mußte nur dem Meinigen wieder einmal die Wahrheit sagen; ich konnte das seit acht Stunden nicht!

Lachsmaier. Es war auch ein Vergnügen!

Frau Pichler. Sie haben auch schon früher den alten Herren den Hof gemacht!

Frau Lachsmaier. Da hört sich alles auf!

Frau Wachler. Da seh Einer her!

Frau Lachsmaier. Und glauben Sie, wir sahen nicht, was dann hinter dem rothen Schirm geschah?

Frau Pichler. Sie haben auch einen rothen Schirm — und es war auch was dahinter. Und die Wachler haben nicht einmal einen rothen Schirm gebraucht!

Frl. Apfelblüh (bei Seite.) O Frauengeschlecht! Wie wenig bist Du reif für deine Erlösung und Erhöhung! (Geschrei aus dem Gasthausthore.)

7. Auftritt.

Vorige, der Wirth, Lorenzo.

Wirth. Heraus da mit Dir!
Lorenzo. Lassen los! Ich schon gehen!
Wirth. Ans Licht mit Dir, Du Strolch!
Lorenzo. Son bon christiano! Bin ich ehrliches Christenmensch!
Pichler. Ah, unser Freund Lorenzo.
Wirth. Stöbert da in Hof und Stall herum und sagt, er suche den Bären.
Lorenzo. Meine Lulu und Pietro! (zu Pichler) O Eccellenza! (zum Wirth.) Die Signori kennen mich — seh Sie Padrone?
Pichler. Nun ja. Aber was ist's mit dem Bären?
Lorenzo. Oh, Eccellenza! Ich finden nix; nix Bär, nix Pietro!
Pichler. Nun ja; er kann ja nicht hier und im Walde bei der Helenenquelle zugleich sein. Und die Frauen haben ihn ja gesehen!
Frauen. Es war bös genug!
Pichler. Und Du selbst, obwohl Du es später wieder geleugnet.
Lorenzo. Oh, oh! Kann ich nit sagen, wie ist das ..
Frau Pichler. Und die arme Resi!
Frauen. Ach, die arme Resi!
Lorenzo. Teresina? Oh, da brauchen Sie nix sein in Sorg. (Bestimmt.) Resi ist schon gewesen hier und fort in die Stadt mit Omnibus.
Frauen. Was? Resi?
Frau Pichler. Meine Köchin?
Lorenzo. Si, si! Was is so bella ragazza.

St! Sie wollen nicht glauben Lorenzo? (Zu Pichler.) Haben ich nit gesagt, die Frauen sein gesund? Und haben ich Wort gehalten? Und so sagen ich auch, Resi sein gewesen hier, is gesund und schon in die Stadt. Wollen noch nix glauben? (Mit frecher Bestimmtheit.) Will ich gleich beweisen. Hat mir gegeben Teresina ihre große Korb — ja, ja! — und haben gesagt: „Liebe Lorenzo, gute Lorenzo — eine schöne racomandazione für meine gnädige Frau und die andere signore; muß ich gehen, Bett machen zu Haus für Errschaft; da sein die Korb mit die Sach für die Damen, wenn sie brauch, daß sie gleich haben." Und sie hab gegeben dem „gute Lorenzo" den paniere, den ich haben aufgehoben hier; dunque will ich bringen presto, prestissimo — damit die letzte Zweifel verfliegen, wie sehr Lorenzo immer sagen die reine Wahrheit und sein eine amico e propugnatore della verità!
(Mit Selbstbewußtsein und höflich ergebener Grandezza ab.)

8. Auftritt.

Vorige ohne Lorenzo.

Pichler. Was sagen Sie zu dem Kerl? Er hat uns doch erst so dunkelblau anlaufen lassen!

Frau Pichler. Aber es ist wahr, daß uns nichts geschehen ist und wenn auch Resi glücklich davon gekommen wäre ... Woher hätte er ihren Korb?

Wirth. Am Ende will er nur durchbrennen.
(Will ins Wirthshaus.)

9. Auftritt.

Vorige, die Professoren-Frauen mit Sepp aus dem Gasthaus.

Frau Schaller. Ah, Herr Wirth! Wir wollen einen Wagen, der unsere Männer von der Stegbäuerin abholt.

Wirth. Kann nicht dienen. Meine Leute, Kutscher und Knecht, sind alle auf der Bärenhatz.

Frau Ecker. Mein Gott!

Pichler. Bringen Sie Wein, Herr Wirth, und Imbiß, was Sie haben.

(Wirth ab.)

10. Auftritt.

Vorige ohne **Wirth, Lorenzo** mit dem Korb.

Frau Schaller. Ah, da ist ja die Gesellschaft. (Sie und Frau Ecker lorgnettiren wieder.) Aber unsere Männer nicht.

Lorenzo (den Korb hochhaltend.) Ecco, sehen Sie: die paniere, was haben übergeben Teresina dem „liebe gute Lorenzo."

Pichler. Wahrhaftig!

Frau Pichler. Und es ist ihr nicht's geschehen?

Lorenzo. Oh! Sie sein schon in Stadt und machen Bett für die Errschaft!

11. Auftritt.

Vorige, die Professoren **Schaller** und **Ecker** mit **Resi** von links, jenseits der Lache.

Resi (noch hinter der Scene.) Heda! Will denn Niemand kommen? Ein paar Schritte noch halten Sie aus! Da sind wir!

(Sie führt die Professoren am Arme, die sich im kläglichsten Zustande befinden.)

Pichler. Das ist ja Resi!

Die Frauen. Resi!

Lorenzo. Diavolo! Teresina! (Stellt den Korb weg und will abfahren.)

Pichler. (Zu Lorenzo.) O Du Hauptspitzbub! Sepp, halt' ihn mir fest.

(Sepp hält den Widerstrebenden. Die große Gruppe links, in der Mitte die Frauen der Professoren, rechts Pichler, Lorenzo, Sepp.)

Schaller. (Zu Resi.) Schutzgeist unseres Daseins!
Ecker. Engel des Himmels!
Schaller. Derselbe, der den Kaiser Max von der Martinswand geholt hat!
Ecker. Wie sehen wir aus? Herr Professor!
Schaller. Ja wie? Herr Collega.
Frau Schaller. Unsere Männer!
Frau Ecker. In welcher Begleitung!
(Wollen auf die Männer losstürzen und patschen in die Lache.)
Frau Schaller: Also darum sind sie zurückgeblieben?
Frau Ecker. O, die Verräther!
Frau Pichler. Resi! Gott sei Dank, daß Du da bist!
Resi. Ja, gnädige Frau; das letzte Stückl mit den zwei Herren war aber das sauerste.
Frau Ecker. Duckmäuser!
Frau Schaller. Kommt nur herüber, Sünder!
Schaller. Wir können ja so nicht vom Fleck . . .
Ecker. Bleiben wir lieber gleich da! Mir gefällts da besser.
Resi. Hinüber müssen wir!
Schaller. Ja, wenn Sie gehen . . .
Resi. Also nur Muth!
(Hilft Ecker hinüber.)
Schaller. Ich bin aber kurzsichtig.
Resi. Wird schon gehen. (Schiebt und hebt zuletzt Schaller, unter lautem Beifall der Anderen über die Lache, die nun entfernt wird.)
(Die Professoren werden von ihren zürnenden Frauen in Empfang genommen.)
Die Männer und Frauen. Bravo Resi! Wacker!
Pichler. Hoch das hilfreiche Weib!
Schaller. Wir müssen uns aber doch bedanken!
(Ihre Frauen vereiteln das.)
Frau Pichler. Wie freut es uns, Dich heil und munter zu sehen. Wir waren entsetzt!
Resi. Ja, es war ein böser Ueberfall! Aber anders als Sie glaubten! O wenn ich daran denke! Aber ich schlug mich durch und schließlich traf ich die Herren bei der Steg-

bäuerin. Die kränkten sich so sehr über die Trennung von ihren Frauen …

Lachsmaier. Hm! hm!

Resi. Und so nahm ich sie auf mich. Aber wen seh ich da? Ha!

Lorenzo. (Macht einen letzten Versuch, Sepp auszureißen, der mißlingt; dann zu Resi) Pietà! Pietà!

Nr. 15.

Duettino: Resi — Lorenzo.

1.

Resi.

Halt, wälscher Schlingel, halt!
Wohl kenn ich deine Stimme,
Der mich im finstern Wald
Anfiel mit wildem Grimme.
Ich zitterte, es wär der Bär …
Doch war es der — der — der!

Erzählen kann ich's nicht,
  Nicht sagen;
Ich möchte weinen, ins Gesicht
  Ihn schlagen,
Den Unhold, Erzschelm, Bösewicht!

Laß mich in Ruh
Und komm mir nicht nah!
{ Du … Du …

Lorenzo.
{ Ach ich bereuen ja!
{ Jo so, ich war zudringlich …

Resi.

Du — Du Waldteufel, Du!

Lorenzo.

Verzeihung, misericordia!
Der Lieb war unbezwinglich!

Die Uebrigen. Was? Das war Lorenzo? Der Bärentreiber? Ah, das ist stark! Unmöglich!

2.

Resi.

Er stürmte auf mich ein,
Als ging's mir an den Kragen;
Mein letztes Stündelein,
So meint ich, hätt geschlagen.
Den Ueberfall — ich bitte Sie —
Vergeß ich nie — nie — nie!

Erzählen kann ich's nicht,
   Nicht sagen;
Ich möchte weinen, in's Gesicht
   Ihn schlagen,
Den Unhold, Erzschelm, Bösewicht!

 So lang ich denk
Kam Niemand mir so nah!
  Du . . . Du . . .
   Lorenzo.
Ach, ich bereuen ja!
Jo so, ich war zudringlich . . .

Resi.

Du — Du Hugo Schenk!

Lorenzo.

Verzeihung, misericordia!
Der Lieb war unbezwinglich!

Die Anderen. Nein so etwas!

Frau Pichler. Wir sahen doch genau das Thier!

Frau Lachsmaier. Geschworen hätt ich!

Resi. Na, er bereut wenigstens!

Lorenzo. (Zerknirscht.) Oh! Oh! (bei Seite.) Möcht ich gleich nochmal machen!

Resi (bemerkt ihren Korb.) Da ist ja mein Korb!

Lorenzo (ergreift den Korb und will ihn Resi vorenthalten.) Ich haben gebracht hieher, geben nur für eine Kuß in ricompensa.

Resi. Frechling! (Sie ist mit der Hand in den Korb gefahren und hat die Strafschürze erwischt.) Ah, die Schürze!

Frl. Apfelblüh. Die Strafschürze! Da sehen Sie, meine Damen, und zittern Sie, — denn Sie Alle haben sie verdient. Wer am Meisten? Entscheiden Sie selbst!

(Die Frauen um Frl. Apfelblüh in der Mitte, links die Professorenpaare, rechts Sepp und Lorenzo mit Resi. Lorenzo schäckert mit Resi um den Korb. Der Wirth hat Wein gebracht, dem fleißig, besonders von Lorenzo, zugesprochen wird.)

Die Frauen. Die Frau Obmann!

Frl. Apfelblüh. Richtig, weil sie uns führen, mit gutem Beispiel vorangehen sollte. Bitte, Bitte!

(Heftet der widerstrebenden Frau Pichler die Schürze um.)

Pichler. Wie gut sie Dir steht! (Gelächter.)

Frau Pichler. Bitte, Fräulein Schriftführer . . . Gerechtigkeit! Die Andern haben nicht besser bestanden. (Flugs heftet sie die Schürze Frau Lachsmaier vor. Allgemeine Heiterkeit.)

Lachsmaier. Siehst Du, Fanni, so kommt die Wahrheit an den Tag.

Frau Lachsmaier. (Heftet die Schürze Frau Wachler an.) Frau Wachler hat's auch nicht anders gemacht.

Frau Wachler. Na, und was wär's denn mit Frl. Tini und ihrem Hans Knöpfler?

Frau Lachsmaier. Komm nur her, Tini!

Tini. (Weinerlich.) Und Frl. Apfelblüh selbst, die sich an den Sepp gehängt hat, wie eine Klette?

(Sie nestelt die Schürze zornig los, welche Lachsmaier erhascht.)

Alle Freifrauen. Ja, ja, sie war auch nicht fester als wir!

Frl. Apfelblüh (stellt sich vor die Freifrauen mit den Rücken zum Publikum.) Verehrte Schwestern, liebwerthe Freifrauen! (Lachsmaier heftet ihr den Schurz rückwärts an. Die Heiterkeit der Umstehenden äußert sich darüber lärmend.)

Allgemeine Rufe. So ist's recht! Sie hat's auch verdient! Bravo!

Frl. Apfelblüh. (In Rednerpose; sucht den Lärm zu überschreien.) Bitte, meine Damen! Verehrte Freifrauen …

(Der Lärm ist auf's höchste gestiegen, auch Lorenzo betheiligt sich am Lärmmachen. Da öffnet sich plötzlich im Stockwerke des Gasthofes ein Fenster und ein Mann mit Schlafhaube ruft heraus:)

Stimme. Was ist denn das? Bitte um Ruhe! So ein Höllenlärm!

(Das Fenster wird wieder zugeschlagen. Auf einen Augenblick verstummt der Lärm.)

Lachsmaier (ruft zum Fenster hinauf) Marsch in's Bett!

Lorenzo. (Gleicherweise.) Vada in malora! (Gelächter)

Frl. Apfelblüh. Verehrte Freifrauen, wenn ich Sie noch so nennen darf. Unser Ziel war die Frauenfreiheit, die Emanzipation von der Herrschaft der Männer, die Emanzipation von ihren Launen, ihrer Ungerechtigkeit, die Emanzipation … Was ist denn das? (Bemerkt die Schürze.) Ah, niederträchtig! (Bemüht sich unter allgemeiner Heiterkeit, die Schürze loszunesteln, woran sie von Lachsmaier und Andern verhindert wird.)

Lorenzo (drängt sich vor.) Bitte — Bitte —

Pichler. Hört! Hört!

Lorenzo. Ist da von Emanzipation der Frauen die Rede; erlauben Sie, daß ich dazu ein Sprüchlein sage. Beppo, halt die Korb! (Sepp thut es.)

Nr. 16.
Emanzipations-Walzer.
Lorenzo.

Emanzipation!
Befreiung von böser Sach,
Zuwidrigkeit und Ungemach …
„Si, si" die Damen sagen,
„Die Männer sein nix zu ertragen."

Doch auch die Mannsbild wagen,
Ueber Manches zu klagen
Und wünschen den Frauen davon:
    Emanzipation!

Krämpfe, Migräne, Frauenklatsch,
Karten-Aufschlagen und Caffeetratsch;
Mode-Aenderung alle Zeit,
Jeden Tag eine „Neuigkeit";
Heut eine Kleid und morgen eine Hut ...
  Thut den Männern nit gut,
  Und sie wünsch den Frauen davon:
    Emanzipation!

(Kramt die folgend erwähnten Gegenstände aus dem Korbe. Anfangs melden sich die Frauen zu ihren Sachen; von der Reispuder=schachtel an nicht mehr.)

S p i e g e l für Hand, S p i e g e l für Taschen,
B o n b o n i è r e, daraus zu naschen,
S t a n g e l aus Eisen, S t a n g e l aus Glas —
Haare zu kräuseln dienet das.
F l a s c h e l zum Riechen, mit scharfe Geruch,
Stark parfümirte T a s c h e n t u c h,
Z i g a r r e t t e n daneben aus türkisch Tabak —
  Ist eine sonderbare Geschmack;
  Nimmt sich fast aus wie Hohn
    Auf Emanzipation!

S c h a c h t e l da mit Pulver von Reis
Macht Gesichtel kreideweis;
Roth aus dem S c h m i n k t i e g e l dann
Streicht man die Wangen an;
Und diese Z o p f da ganz gewiß
Eine echte und keine falsche is!
  Wär es nit sehr gescheidt,
  Blieb alle das Zeug beseit?
  Das wär guter Anfang schon
    Von Emanzipation!

Aber das Wichtigste,
Das Allerrichtigste,
Das bring ich jetzt
Zu guter Letzt!

(Nimmt ein Mieder aus dem Korb, mit dem er an sich selbst die bekannten Frauen=Mieder=Gesten nachahmt.)

Wer zieht diese Küraß an,
Nit mehr frei athmen kann,
Fühlt sich beengt
Und eingezwängt;
Denkt nur mehr an Sclaverei,
Tyrannei,
Unfreiheit;
Sucht mit den Männern Streit.
Wie gut wär davon
Emanzipation?

Dann aber — wird bissel aufgeschnürt,
Gleich die Frau freundlich wird;
Athmet auf in Zufriedenheit
Und Liebenswürdigkeit,
Fühlt sich dabei
An jedem Ort
So frank und frei,
So ungenirt . . .
Mit eine Wort:
E = man = zi = pirt!
(Wirft das Mieder in die Luft.)

Frl. Apfelblüh (mit Adele ganz rechts.) Adele, treue Seele, wie sie uns verspotten.

Adele. Wir leiden für die gute Sache, Meisterin.

Pichler. He, Lorenzo! Da Du über die Frauen so gut Bescheid weißt, welcher würdest Du nun den Preis dieses Tages spenden?

Lorenzo. Weiß ich precisamente. Wenn Sie erlaub

— scusi — nit bös sein — dann sag ich subito. (Sucht sich die widerstrebende Resi heraus.) Ecco!

Alle. Was? Resi?

Pichler. Unverbesserlicher!

Lorenzo. Halten zu Gnad', Eccellenza! Domando scusa! Da sein Teresina, eine einfache Mädel aus das Volk — eine cuoca, Köchin — cameriera, eine Mädel für Alle; sie haben geschlagen zurück l'impetuosa aggressione, die heftige, gemeine Anfall, was hat auf sie gemacht eine gewissenlose Bösewicht, un birrichino, Hallunke, furfante — (sich in immer größere Entrüstung hineinredend) eine niederträchtige Lump...

Pichler. Das warst ja Du!

Lorenzo. Oh, sempre amico della verità! (Dann fortfahrend.) Sie haben sich muthig durch die Nacht, schlechte Wetter, Finsterniß durchgeschlagen — salvo l'onore! — und haben finalmente zwei schwache alte Signori Hilfe gebracht und sie hergeführt zu ihre geliebte Gattien. Teresina sein der wahre Vergine eroica!

Pichler. Die wahre Heldenjungfrau! Bravo Lorenzo!

Rufe. Recht hat er! Sie ist ein braves Mädel!

Frau Pichler. Ja, Du hast Dich wacker gehalten, Resi!

Pichler. Diesmal sagt Lorenzo die Wahrheit, obwohl er sonst lügt wie ein Diplomat.

Lorenzo. Che volete? Lieb und Lug — fließen aus eine Krug!

(Herren und Frauen drücken Resi die Hand; die Professoren werden von ihren Frauen verhindert, ein Gleiches zu thun.)

Lachsmaier. Wir wollen sie ehren wie noch keine! (Geht einen Tisch holen, den er in Mitte der Bühne aufstellt.)

Frl. Apfelblüh (hämisch.) Eine zweite Jungfrau von Orleans!

(Resi wird auf den Tisch gehoben und dort auf einen Sessel gesetzt. Lachsmaier setzt ihr einen Cylinder der Professoren auf und gibt ihr einen Schöpflöffel aus ihrem Korb in die Hand.)

Resi. Lassen's mich aus!

Pichler. Bleib nur und nun sprich Du Recht aus Deiner weiblichen Empfindung heraus: Was ist's mit der Emanzipation?

6

Alle. Ja, ja, sie soll reden!
Lachsmaier. Barett und Richterstab hat sie schon!
Resi. Ah, hören Sie mir auf. Ich bitt schön, lassen Sie mich fort!
Alle. Nein — nein! Was ist's mit der Emanzipation?
Resi. (Geht auf den Scherz ein.) Na, was wird's denn sein? Ich denk' mir halt: Jede Frau zu ihrem Mann!
Alle. Bravo!
Pichler. Die aber keinen haben? Wie Fräulein Tini?
Resi. (Lustig.) Die soll ihren Herrn Knöpfler kriegen!
Lachsmaier. Hörst Du's, Fanni?
Frau Lachsmaier. Was nicht noch!
Lachsmaier. Geh, mach ein Ende! Es bleibt ja doch nichts Anderes übrig. Hans, da hast Du sie!
(Hans Knöpfler umarmt Tini.)
Alle. Bravo Resi! Noch ein Bischen Emanzipation!
Frau Pichler. Fräulein Adele! Fräulein Apfelblüh!
(Die Genannten werden vor den Tisch Resi's gedrängt.)
Resi. Sollen heirathen!
(Frl. Apfelblüh ist erzürnt; Adele schmiegt sich an sie.)
Adele. Meisterin!
Lachsmaier. Haben wir keine Junggesellen?
Pichler. Erdmann! Sepp!
Mehrere. Erdmann! Sepp! (Die Genannten werden herbeigeführt und Frl. Apfelblüh und Adele gegenüber gestellt.)
Pichler. Also sprich deinen Spruch, gerechter Richter!
Resi. Da kann nur das Herz entscheiden; da gilt kein Spruch.
Pichler. Also Sepp — wähle Du! Nun, wähle nur!
Sepp. Da wär ich geschwind fertig . . .
Pichler. Nur zu!
Sepp. (Mit Bezug auf Adele.) Die da! Die hat gar so ein sanftes Geschau.
Adele. Nein, nein! (schmiegt sich enger an Frl. Apfelblüh)
Pichler. Na, Erdmann, da bleibt Dir nichts übrig ..
Erdmann. Laßt mich aus! Ich hab eine heilige Scheu vor der Ueberweiblichkeit.
Pichler. Nun, vielleicht das sanfte Fräulein?

Erdmann. Das schon eher!

Pichler. Also frisch drauf los!

Erdmann (greift nach Adelens Hand.) Mein Fräulein..

(Adele läßt sich zu Erdmann hinüberziehen.)

Frl. Apfelblüh. Adele — treue Seele!

Resi. Ja, ihrem Mann soll sie treu sein!

Alle. Bravo! Bravo Resi!

Pichler. Gerechter Richter!

Frl. Apfelblüh. Ich protestire! Bin ich verrathen und verkauft?

Resi. Warum nicht gar! Ihnen bleibt ja die Emanzipatschen! Heirathens die! (Zurufe, Beifall, Gelächter.)

Frl. Apfelblüh. Was, Sie wissen ja gar nicht, was das ist.

Resi. Nein, ich weiß nicht, ob's süß oder sauer, ob's weiß oder schwarz ist.

Frl. Apfelblüh. Ungebildete Person!

Resi. Am Fleischmarkt und Grünmarkt kenn ich mich aus — aber nicht in der Spielereihandlung. Und ich denk mir, die Emanzipatschen ist ein Spielzeug für die Frauenzimmer, die nichts zu thun haben. Die Verheiratheten müssen für ihre Männer und für ihre Kinder sorgen und die Ledigen, so wie ich, die müssen sich freche Mannsbilder vom Leib halten. Da haben sie genug zu thun! Na, mir soll nur Einer kommen!

Lorenzo. O Signorina! Möcht ich gut machen meine Schlechtigkeit und machen zu meine Frau die brava Teresina!

Resi. Was, so ein Weiberjäger? Daraus wird sein Lebtag kein anständiger Ehemann. Heirathe Dein Bärenweibel!

(Der Rede Resi's folgt Beifall, alle stürmen auf sie los, ihr die Hand zu drücken, und rufen dabei:) Hoch Resi! Hoch! Hoch!

(Der Lärm ist auf das höchste gestiegen. Da öffnet sich links ein Fenster, ein Frauenkopf zeigt sich und eine schrille Frauenstimme ruft aus:) Wird nun bald Ruhe werden da unten? Das ist ja unausstehlich!

(Das Fenster wird wieder zugeschlagen. Große Heiterkeit der Handelnden.)

Lachsmaier. Das ist ja die Frau Maier!

Lorenzo (zum Fenster hinauf.) Geh' Sie baden!

Frl. Apfelblüh. Mit der Dummheit kämpfen selbst die Götter vergebens.

Resi. Und mit der Einbildung und Ueberspanntheit kann Niemand fertig werden! Höchstens ein Thierbändiger..

Alle. Bravo!

Pichler. Bravo! Lorenzo! Du also bist der richtige Mann!

Lorenzo. Jo? Ich? (Zu Pichler.) Eccomi a suoi comandi! (Nähert sich mit ritterlichen Geberden Frl. Apfelblüh.) Signora! Ganz zu Ihre Befehl! Machen Sie Verfügung über Ihre unterthänige Servo Lorenzo . . . (prahlerisch.) Oh, ich gehen auch zu der Löw in die Käfig!

Frl. Apfelblüh. Abscheulich! (Reißt aus, ab. Großer Heiterkeits-Ausbruch folgt ihr nach. Resi steigt vom Tische. Plötzlich vernimmt man die immer näher kommenden Klänge eines Trauermarsches mit Chor.)

12. Auftritt.

Vorige ohne Frl. Apfelblüh.

Mehrere. Was ist das?

Pichler. Lorenzo! Denk an den Bären!

Lorenzo. Oh, oh! Lulu ich haben ganz vergessen! (Schlägt sich an die Stirne.) Dio mio! Che fare? Was sollen ich machen? Was sollen aus mir werden?

13. Auftritt.

Vorige, die Bärenfänger, der Bürgermeister, die Wachleute.

Nr. 17.

Trauermarsch und Chor der Bärenfänger.

Mit Spieß und Speer,
Mit Schießgewehr,

Wir kamen her —
Entwischt ist uns der Bär!
Bärenbraten
Wird nicht gerathen;
Bärenschinken
Werden nicht winken;
Bärentatzen
Gibt's nicht zu schmatzen.
Geprellt um unsern Lohn
Hat uns der Mordgesell;
Sein dickes Fell,
Er trugs davon!

(Hierauf Melodram bis Actschluß.)

(Der Zug der Bauern, Bärenfänger mit Gewaffen und Lichtern wie zu Schluß des 2. Actes, jedoch von links; diesmal mit feierlicher Niedergeschlagenheit. Der Zug bringt eine mit Reisig bedeckte Tragbahre, welche in Mitte der Bühne aufgestellt wird.)

Bürgermeister. Da sind wir zurück. Den Bären haben wir nicht erlegt, aber einige von unseren Leuten haben ihn deutlich gesehen. Morgen bei Taglicht soll er uns nicht entgehen. Vorläufig bringen wir da allem Anscheine nach eines der Opfer des Ungethüms.

Lorenzo. Chirio! Jetzt is aus, is Alles aus!

Bürgermeister. Ha, das ist ja der Kerl, der uns ausgerissen ist! Gleich packt ihn, und diesmal soll er nicht entwischen.

(Die Dorfwächter fassen Lorenzo.)

Bürgermeister. Da führt ihn her zur Bahre; er soll das Unheil mit eigenen Augen sehen, das seine Nachlässigkeit angerichtet hat. (Pathetisch.) Siehe da — dein blutiges Opfer!

Lorenzo. O dio, dio! Sono rovinato, rovinato!

(Einer greift in das Reisig; da regt sich's von selbst unter demselben. Pietro erhebt sich aus dem Reisig. Er ist arg zerschunden.)

Lorenzo. Pietro!

14. Auftritt.

Vorige, Pietro.

(Lorenzo springt zu Pietro und rüttelt ihn vollends aus dem Rausche.)

Bürgermeister. Was thust Du, Schurke?

Lorenzo. Das sein keine Opfer; das sein der malfattore, der schuldige Mann! (Zu Pietro.) Wo is Lulu?

Pietro (um sich blickend.) Lulu?

Lorenzo. Fort! Fort!

Pietro. Wir sein gekommen, Lulu und ich, spät hier in diese Stall da, wie Padrone haben ordinato, nachdem wir lang sein gewesen in bosco, damit Niemand soll uns sehen.

Lorenzo. Fiol d'un can! Du haben getrunken!

Pietro. Bissel — bissel — weil so lang warten.

Lorenzo. E doppo?

Pietro. Bin gangen mit Lulu da in die Schoppen von die vetture; Lulu bei mir . . . Niemand war da . . . da hat mich fassen Schlaf . . .

Lorenzo. Avanti! Avanti!

Pietro. Hab ich bissel schlafen. Wach ich auf — is Lulu fort. Ich suchen, kann nicht finden.

Lorenzo. Piria! Hast Lulu nit anhängen!

Pietro. Si, si, Padrone, hab ich anhängen!

Lorenzo. Was wissen Du — Du Saufaus! (Zu den Andern.) Da wird Lulu sein gangen fort und — Unglück fertig! (Zu Pietro.) O aborto d'inferno, Du niederträchtige Schurke! Und wie Du Lulu nit finden?

Pietro. Bin ich gangen in die Feld, suchen. Padrone, in meine Confusione ich haben bottiglia mitgenommen — und getrunken und weiß ich nicht, wo bin ich geschlafen ein.

Lorenzo. Manigoldo! Sohn von die Hölle!

Bürgermeister, (dem ein Packet Schriftstücke überreicht wird.) Ah, die Depeschen! (Liest.) Von seiner Excellenz dem Statthalter! „Treffe morgen früh dort ein sammt Polizei=Director; bitte einige Zimmer mit gute Betten." (Bei sich.) Selbstverständlich. (Liest andere Depeschen.) „Bitte mir den Bären aufzubewahren. Will ihn mit einzigem Kernschuß tödten.

Mumpitz, Kunstschütze, Berlin." (Andere Depesche.) „Erbitten ungehend Nachricht von dem ausgerissenen Bären. Redaction der Allerneuesten Nachrichten." (Andere Depesche.) „Treffe morgen dort ein, kaufe das Fleisch des Bären zu höchsten Preisen. Schwarzhappel, Wildprethändler." (Andere Depesche.) „Erbitten Auskunft, ob durchgegangener Bär ein „Mandel" oder „Weibel"? Gilt eine Wette. Die Tischgesellschaft Nirnuzia in München." — Hol Euch der Teufel! Ah — vom General=Commando! „Sämmtliche Schützen des 15. Regiments dahin beordert. Jeder Mann 50 scharfe Patronen." Nun ist alles gerettet!

Lorenzo. (Jammernd.) Adesso, wir gehen in carcere; unsere Sach werden genommen von uns — siamo rovinati, perdutti, assassinati! Oh, der Lieb waren meine Unglück.

15. Auftritt.

Vorige, Wirth.

Wirth. Platz da! Ein Stellwagen kommt heraus. Die Herrschaften können gleich einsteigen.

(Bürgermeister und Wachleute mit Lorenzo und Pietro links. Ein Stellwagen kommt aus dem Thore und schließlich in die Mitte der Bühne zu stehen, mit der geschlossenen hinteren Thüre gegen das Publikum.)

Bürgermeister. Ihr Lumpen wandert in den Gemeindekotter.

(Die Gesellschaft drängt zum Wagen. Pichler steht vor der Thüre.)

Pichler. Halt! Nur die Damen fahren mit diesem Wagen!

(Da vernimmt man das Grunzen und die Schelle des Bären. Alles stutzt und horcht.)

Mehrere. Was ist das? Woher der Laut?

(Erneuertes Grunzen und Schellen.)

Lorenzo (macht sich los, springt zum Wagen, reißt die Thüre auf.) Da ist er! Er haben geschlafen auf die weiche Sitz in die Wagen. Lulu! Meine liebe Lulu!

(Alle drängen vom Wagen weg.)

Mehrere. Der Bär! Der Bär!

Lachsmaier. Oho! Herr Bär! Wir wollen selber fahren!

Lorenzo. Thut nir Lulu! Seien keine Gefahr.

(Lorenzo bringt den Bären zum Aussteigen; geht mit ihm nach rechts; die Frauen steigen ein, Resi zum Kutscher auf den Bock. Einer hat die Schürze mit „Mannstoll" über der Wagenthüre angebracht. Die Professoren und ihre keifenden Frauen links. Lorenzo läßt den Bären tanzen und peitscht abwechselnd ihn und Pietro, der ebenfalls springt.)

Bewegtes Bild. Großer Lärm. Im letzten Augenblicke wird das ganze Treiben noch einmal dadurch unterbrochen, daß diesmal von fünf, sechs sich öffnenden Fenstern am Platze herabgerufen wird: Gesindel! Noch keine Ruhe? Polizei! Ist denn der Teufel los? Himmel=Donnerwetter!

(Kurze Pause der Ueberraschung; darauf erneuertes Treiben.)

Lachsmaier. Legt Euch auf's Ohr!

Pichler. Gute Nacht!

Lorenzo (zuhauend.) Diese Hieb für Venus! Diese für ihre Schand=Bub Amor!

(Der Kutscher knallt mit der Peitsche; die Pferde ziehen an . . .)

Vorhang rasch.

Druck von R. Lindner, Leipzig=Anger.